AF204040

Tucholsky Wagner Zola Scott Sydow Freud Schlegel
Turgenev Wallace Fonatne
Twain Walther von der Vogelweide Fouqué Friedrich II. von Preußen
Weber Freiligrath
Fechner Weiße Rose von Fallersleben Kant Ernst Frey
Fichte Richthofen Frommel
Engels Fielding Hölderlin
Fehrs Faber Flaubert Eichendorff Tacitus Dumas
Maximilian I. von Habsburg Fock Eliasberg Ebner Eschenbach
Feuerbach Ewald Eliot Zweig
Goethe Vergil
Mendelssohn Balzac Shakespeare Elisabeth von Österreich London
Lichtenberg Rathenau Dostojewski Ganghofer
Trackl Stevenson Doyle Gjellerup
Mommsen Tolstoi Hambruch
Thoma Lenz Hanrieder Droste-Hülshoff
Dach von Arnim Hägele
Verne Hauff Humboldt
Karrillon Reuter Rousseau Hagen Hauptmann Gautier
Garschin
Damaschke Defoe Hebbel Baudelaire
Descartes
Hegel Kussmaul Herder
Wolfram von Eschenbach Dickens Schopenhauer George
Darwin Rilke
Bronner Melville Grimm Jerome Bebel
Campe Horváth Aristoteles Proust
Bismarck Vigny Voltaire Federer Herodot
Gengenbach Barlach Heine
Storm Casanova Tersteegen Grillparzer Georgy
Chamberlain Lessing Langbein Gilm Gryphius
Brentano Claudius Schiller Lafontaine
Strachwitz Bellamy Schilling Kralik Iffland Sokrates
Katharina II. von Rußland Gerstäcker Raabe Gibbon Tschechow
Löns Hesse Hoffmann Gogol Wilde Vulpius
Luther Heym Hofmannsthal Klee Hölty Morgenstern Gleim
Roth Heyse Klopstock Kleist Goedicke
Luxemburg Puschkin Homer Mörike
La Roche Horaz Musil
Machiavelli Kierkegaard Kraft Kraus
Navarra Aurel Musset
Nestroy Marie de France Lamprecht Kind Kirchhoff Hugo Moltke
Laotse Ipsen Liebknecht
Nietzsche Nansen Ringelnatz
Marx Lassalle Gorki Klett Leibniz
von Ossietzky May Lawrence Irving
vom Stein
Petalozzi Platon Knigge
Sachs Pückler Michelangelo Kock Kafka
Poe Liebermann
de Sade Praetorius Mistral Zetkin Korolenko

Der Verlag tredition aus Hamburg veröffentlicht in der Reihe **TREDITION CLASSICS** Werke aus mehr als zwei Jahrtausenden. Diese waren zu einem Großteil vergriffen oder nur noch antiquarisch erhältlich.

Symbolfigur für **TREDITION CLASSICS** ist Johannes Gutenberg (1400 — 1468), der Erfinder des Buchdrucks mit Metalllettern und der Druckerpresse.

Mit der Buchreihe **TREDITION CLASSICS** verfolgt tredition das Ziel, tausende Klassiker der Weltliteratur verschiedener Sprachen wieder als gedruckte Bücher aufzulegen – und das weltweit!

Die Buchreihe dient zur Bewahrung der Literatur und Förderung der Kultur. Sie trägt so dazu bei, dass viele tausend Werke nicht in Vergessenheit geraten.

Schwester Olives Geschichte und andere Erzählungen

Selma Lagerlöf

Impressum

Autor: Selma Lagerlöf
Übersetzung: Marie Franzos
Umschlagkonzept: toepferschumann, Berlin

Verlag: tradition GmbH, Hamburg
ISBN: 978-3-8495-3096-9
Printed in Germany

Text der Originalausgabe

Selma Lagerlöf

Schwester Olives Geschichte und andere Erzählungen

Kleine Bibliothek Langen   Band 99

Selma Lagerlöf

Schwester Olives Geschichte

und andere Erzählungen

Einzige berechtigte Übersetzung aus dem Schwedischen

von

Marie Franzos

Albert Langen
Verlag für Litteratur und Kunst
München 1908

Kleine Bibliothek Langen
Band 99

Einzige berechtigte Übersetzung aus dem Schwedischen
von
Marie Franzos

Albert Langen Verlag für Litteratur und Kunst München 1908

Druck von Hesse & Becker in Leipzig

Schwester Olives Geschichte

Es war auf dem Hinterdeck eines großen ausländischen Dampfschiffs, wo Menschen aus den verschiedensten Weltgegenden versammelt waren. Die meisten waren Engländer oder konnten wenigstens Englisch sprechen, aber es gab auch unter den Reisenden einige, die Französisch sprachen, und diese waren durch die Sprache zusammengeführt worden und bildeten meistens eine Gruppe für sich. Da saßen also ein paar ältere Franzosen, ein Offizier und ein Konsul, ein paar belgische Damen, eine italienische barmherzige Schwester, ein alter französischer Geistlicher und ein junger Pariser, der irgendein Künstler zu sein schien, Maler oder Bildhauer, oder was er sonst sein mochte.

Eines Abends saßen die beiden älteren Herren beisammen und sprachen von den Engländern. Sie machten eine kleine Studie über sie, so wie Franzosen es zu tun pflegen, und verglichen sie in sehr liebenswürdiger und amüsanter Weise mit sich selbst. Aber plötzlich mischte sich eine der Damen ins Gespräch.

»Nein, meine Herren,« sagte sie, »Sie haben noch nicht erwähnt, worin der wesentlichste Unterschied zwischen den Engländern und Ihnen besteht.«

»Ach,« sagte der alte Herr, den man Konsul nannte, »den allerwesentlichsten Unterschied, haben Sie ihn etwa herausgefunden?«

»Ja, ich habe ihn herausgefunden. Er besteht darin, daß sie alle einen inneren Beruf haben. Fragen Sie nur, dann werden Sie schon hören. Alle hier an Bord haben einen inneren Beruf. Einer will uns Kaninchen züchten lehren, ein andrer, niemals Fleisch essen. Dieser Herr beabsichtigt, die Türken zu bekehren, und der dort drüben will ein Lufttorpedo erfinden.«

»Nun, und wir,« sagte der Konsul und warf einen raschen Blick auf seine Reisegefährten, »uns fehlt es doch auch nicht an Menschen mit innerem Beruf.«

»O doch,« sagte die kleine Belgierin, »Ihr bleibt in dem Stand, in dem Ihr geboren seid, oder Ihr werdet, was Eure Eltern wünschen, daß Ihr werden sollt. Ihr laßt Euch vom Leben leiten. Aber diese andern wollen das Leben und uns alle ins Schlepptau nehmen und uns führen, wohin sie wollen.«

»Nun ja,« sagte der Offizier, »Sie mögen recht haben, Madame, aber ich ziehe es vor, unter Leuten ohne inneren Beruf zu leben. Sie sind unerträglich, diese Leute, die stets mit einer Mission umhergehen.«

»Schwester Agnes,« rief der Konsul und wendete sich an die barmherzige Schwester. »Sie haben ja so viele Französinnen in Ihrer Gemeinschaft. Haben Sie gefunden, daß ihnen der innere Beruf fehlt?«

»Leider, Monsieur Bartout,« sagte die barmherzige Schwester und lächelte, »leider kann ich Ihnen nicht zu Hülfe kommen. Ich glaube nicht, daß wir deshalb schlechtere barmherzige Schwestern sind, aber es sind nicht viele unter uns, die deshalb Kranke pflegen, weil es der innere Beruf ihres Lebens ist. Wir sind meistens froh, uns dieser Sache widmen zu können, weil alles andre uns gescheitert ist.«

»Und Sie, Herr Abbé?« fragte Bartout und wendete sich an den Geistlichen.

»Ach, ach,« erwiderte der alte Mann, »es ist so lange her. Ich bin all mein Lebtag Priester gewesen. Aber ich glaube, es war der Abbé Vertois in meiner Heimat, der meinem Vater riet, mich ins Seminar zu schicken.«

Monsieur Bartout wendete sich nun an den jungen Franzosen.

»Ich für mein Teil, Monsieur,« sagte der junge Künstler, »mißtraue dem inneren Beruf. Er führt nur auf Irrwege. Ich arbeite mit Farben und Pinsel, weil dies mir das natürlichste ist. Ich will Ihnen sagen, in meiner Familie sind wir alle ein bißchen Maler.«

Nach dieser Äußerung vergaß man ganz, daß man zu Anfang des Gesprächs von einem Vergleich zwischen den Franzosen und den Engländern ausgegangen war. Und anstatt dessen begannen alle, von Anlagen und Beruf zu sprechen, und man führte mehrere Beispiele dafür an, in was für eigentümliche Verhältnisse Menschen gerieten, wenn diese zwei Dinge nicht übereinstimmten.

»Ich habe immer versucht, mich von allen Hirngespinsten fernzuhalten und das zu tun, wozu ich veranlagt bin,« sagte der Offizier. »Niemand benimmt sich so töricht wie jemand, mit dem seine ›Mission‹ durchgeht.«

»Ich kenne einen großen Schriftsteller,« sagte eine der Damen, »der sein Leben für verfehlt ansah, weil er nicht Ballettmeister geworden war. Er behauptete immer, dies wäre sein wahrer Beruf gewesen, unglücklicherweise wurde er verhindert, seiner Eingebung zu folgen.«

»Dies erinnert mich an meinen armen Freund Pater Meunier,« sagte der Geistliche, »er fühlte sich berufen, als Missionar nach China zu gehen, und er tat es auch, aber er mußte sich doch geirrt haben, denn drüben ließ er sich zum Buddhismus bekehren.«

»Der innere Beruf ist der größte aller Gaukler,« sagte der Maler. »Er treibt nur seinen Spott mit uns Menschen.«

Bartout allein kämpfte dafür, wie herrlich es sei, auf Grund jenes höheren Zwanges zu handeln, den man inneren Beruf nennt.

»Aber, Monsieur, ich erinnere mich jetzt, daß ich eine Ihrer Landsmänninnen kannte, die einen inneren Beruf hatte,« sagte die Krankenpflegerin. »Er hatte wohl nichts mit der Krankenpflege zu schaffen, doch immerhin ... wenn Sie gestatten, will ich Ihnen ihre Geschichte erzählen. Sie war eine unserer allerbesten Pflegerinnen, sie gehörte dem Verband lange, bevor ich hinkam, an, und sie lehrte mich meine Obliegenheiten.«

»Schwester Olive,« begann die barmherzige Schwester, »war eine Französin, aber so anders als alle Französinnen, die ich gesehen habe, daß ich sie zuerst für eine Deutsche oder eine Schweizerin hielt. Eine Französin sollte nach meiner Meinung entweder eine schöne, rundliche Dame mit olivenfarbenem Teint und spielenden, braunen Augen sein oder auch klein, zart, verfeinert, förmlich nur ein Hauch. Schwester Olive hingegen war groß, etwas hager, nicht schön, aber kräftig und munter, mit einem Gesicht, zu dem man Zutrauen fassen konnte.

Und noch mehr verwunderte mich ihr Aussehen, als ich allmählich erfuhr, daß Schwester Olive eine Größe gewesen sei, eine Berühmtheit, daß sie einmal Mademoiselle Olive Miteau geheißen, in einer glänzenden Wohnung gewohnt, mit eigenen Pferden kutschiert und mit allen hervorragenden Leuten in Europa verkehrt habe.

Schwester Olive war Schauspielerin gewesen, bevor sie barmherzige Schwester wurde, und zwar eine große und merkwürdige Schauspielerin, die alle Menschen kannten, wenigstens alle Menschen in Paris. Sie war ja freilich nicht eine von jenen gewesen, die die ganze Welt durchreisen und solche Größen sind, daß sie sich an einem Tag in San Francisco zeigen müssen und am andern in Petersburg, aber sie hatte es so gut gehabt, als sie es sich nur wünschen konnte. Das ganze Publikum hatte sie so gern, die Theaterkritiker wußten selten etwas Ungünstiges über sie zu sagen, sie verdiente viel Geld, und sie trat im Théâtre français auf. Als ich Schwester Olive sah, fiel es mir, wie gesagt, schwer, zu glauben, daß dies möglich gewesen war. Ich dachte ja gleich an die modernen Stücke mit allen ihren verfeinerten jungen Frauengestalten, und es erschien mir ganz unglaublich, daß Schwester Olive eine junge Pariserin hätte spielen können. Sie hatte etwas gar zu Kantiges, keine Schminke und keine Toiletten hätten Schwester Olive verführerisch und bezaubernd machen können. Aber ich erfuhr bald, daß Schwester Olive nie solche Gestalten gespielt hatte, sondern ihre Stärke war darin gelegen, aus dürftigen Rollen, die kein andrer haben wollte, kleine Meisterwerke zu machen. Sie spielte Dienstmädchen und alte Frauen, sie war Gastwirtin und Portiersfrau, Grünzeughändlerin und Bäuerin. Und sie stellte alle diese bescheidenen Typen so glaubwürdig und rührend dar, so liebevoll und künstlerisch, daß es ihr gelungen war, die Mitgliedschaft am Théâtre français zu erringen.

Schwester Olive war sehr fleißig gewesen und hatte sich nie geschont, man zählte sie seinerzeit zu den allerunentbehrlichsten Kräften des Theaters. Ihre Stellung war eigentlich besser als die der andern, denn obgleich sie niemals so viel Lob erntete wie die große Primadonna, hatte sie anderseits ihre gegebenen Rollen, die ihr niemand streitig machte. Niemand intrigierte, um ihr zu schaden, sie war eine gute, ehrliche Kollegin, und alle hatten sie lieb.

Sie gestand es später selbst oftmals zu, daß sie eine ausgezeichnete Stellung gehabt habe, und daß sie unrecht getan habe, die Torheit zu begehen, die sie zwang, sie aufzugeben. Sie starb, als sie sechzig Jahre alt war, aber sie hätte ihre Stellung am Theater gewiß bis zu ihrem Ende behalten können. Sie war noch immer beweglich und kräftig und hatte ein prächtiges Organ. Sie hätte noch ganz gut treue Dienerinnen und Bauernweiber und brummige alte Tanten spielen können. Niemand würde es besser gemacht haben als sie.

Aber das Unglück war, daß Schwester Olive eine bestimmte Idee hatte, und das war etwas, wonach sie sich sehnte, was sie ihr ganzes Leben lang erstrebt hatte, und wovon sie nicht lassen konnte.

Es ist sehr wahrscheinlich, daß sie die ganze Zeit über einsah, daß es etwas Törichtes war. Aber Schwester Olives Gedanken hatten sich all ihr Lebtag in dieser Richtung bewegt, und sie konnte ihnen nicht Einhalt tun. Es war so, als hätte man versucht, einem fallenden Stein zuzurufen, er solle still halten und schwebend in der Luft verbleiben.

Es verhielt sich nämlich so, daß Schwester Olive keine geborene Pariserin war, sie war in der Normandie aufgewachsen als die Tochter eines Bauern. Sie hatte ihre Kindheit und ihre erste Jugend unter Bauern und ungebildeten Leuten verbracht. Bis zu ihrem siebzehnten Jahre hatte sie weder eine Stadt noch ein Theater gesehen.

Aber einmal, als sie erwachsen war, nahmen ihre Eltern sie zu einem Markt in Caen mit, und Vater Miteau zeigte sich da so freigebig, daß er sie und ihre Mutter sogar ins Theater einlud.

So sah Schwester Olive ihr erstes Stück, und das Stück war Hernani, des großen Viktor Hugo Hernani.

Von dem Augenblick an, wo der Vorhang in die Höhe ging, war Schwester Olive ganz der Erde entrückt und weilte mit ihrer ganzen Seele auf der Bühne. Nichts erschien ihr dort fremd, sie begriff vom ersten Moment an alles. Sie suchte sich nur zu entsinnen, wo sie alles das schon einmal gesehen hatte.

Da, während sie im Theater saß, erschien es ihr ganz wunderbar, daß sie Olive Miteau war, das Landmädchen, das unter grünen Apfelbäumen auf einem Bauernhof aufgewachsen war. Es kam ihr vor, als wäre das, was sie sah, ihre wahre Heimat. Und sie sah das Schauspiel gar nicht so, wie andre es sehen, sondern sie lebte darin mit, von Anfang bis zu Ende. Sie war die ganze Zeit die schöne Spanierin Donna Sol, sie wurde von Hernani und von Kaiser Karl dem Fünften geliebt; und als Graf Lunas Horn am Hochzeitsabend ertönte, da fühlte sie sich ebenso zerschmettert, als wenn Hernani ihr selbst entrissen worden wäre.

Nach diesem Abend im Theater in Caen hatte Schwester Olive nur mehr einen Gedanken: alle Wünsche und alle Sehnsucht des armen Bauernmädchens richteten sich darauf, zum Theater zu kommen und die Donna Sol zu spielen.

Es ist ja schwer, zu verstehen, wie sie sich von Hause losmachen konnte, aber Schwester Olive ließ sich durch nichts hindern. Sie überwand Vater Miteau und ihre Mutter und ihre Liebe zur Heimat und den Widerstand eines jungen Mannes, der auf sie und ihre Mitgift wartete. Und so kam es, daß sie, die nie etwas andres gelernt hatte, als zu kochen und Zider zu brauen, sich einer herumreisenden Theatergesellschaft anschloß.

Während des ganzen ersten Jahres, bis sie gelernt hatte, das Pariser Französisch zu sprechen, bekam Schwester Olive nichts andres zu tun, als die Bühne zu kehren und die wirklichen Schauspielerinnen zu bedienen. Es war keine leichte Aufgabe für eine angehende Donna Sol, den Samt der Thronsessel, die auf der Bühne stehen sollten, zu bürsten oder die Toilette der Primadonna instand zu halten. Aber Schwester Olive trug alles mit dem ihr eigenen guten Humor, und alle ihre Kameraden gewannen sie lieb. Sie wünschten ihr alle, bald auftreten zu können. ›Ach, wenn Sie nur einmal eine Rolle für unsere arme Olive finden könnten,‹ pflegten sie zum Direktor zu sagen.

Und endlich bekam Schwester Olive eine Rolle, doch nicht eine, wie sie sich gewünscht hatte. Sie hatte eine Königin spielen wollen, aber man ließ sie als Müllerin auftreten. Sie sollte grob und roh sein, in dürftigen Kleidern und weiß von Mehlstaub. Schwester Olive pflegte zu erzählen, als sie diese Rolle bekam, wäre ihr der Mut gesunken und sie habe zu weinen angefangen. Sie hatte früher, als sie noch Treppen und Fußböden kehrte, nie geweint.

Doch die Primadonna selbst ließ sich herab, Schwester Olive zu trösten, und sagte ihr, sie solle froh sein, daß sie nun endlich vor das Publikum käme. Sie könnte es nie bis zur Donna Sol bringen, wenn sie nicht als Müllerin anfangen wollte. Sie, die Primadonna, hätte als Schusterjunge begonnen.

Schwester Olive lernte also die Rolle und spielte sie, so gut sie es verstand. Und als sie sie gespielt hatte, weinte sie zum zweitenmal. Es war ihr ganz vortrefflich gelungen. Die Zuhörer hatten applaudiert und die Kollegen sie zu ihren Anlagen beglückwünscht. Ja, darauf müßte sie sich werfen, das könnte sie, eine alte, routinierte Schauspielerin hätte es nicht besser machen können.

Aber Schwester Olive weinte, sie hatte keine Lust, sich wegen ihrer Müllerin loben zu lassen, etwas in ihrem Innern sagte ihr, daß dies ihrer Donna Sol im Weg stehen würde.

Und Schwester Olive hatte guten Grund zu weinen. Sie schien alle die Leiden vorausgesehen zu haben, die ihrer warteten. Denn von nun an durfte sie immer auftreten, aber nie in einer Rolle, die sie befriedigte. Sie durfte niemals in Versen sprechen, und wenn man die romantischen Schauspiele gab, in denen Fürsten und Fürstinnen auftraten, war sie von der Bühne verbannt. Schwester Olive wurde dessen schließlich müde und suchte eine andre Theatergesellschaft auf. Es war nicht schwer für sie, eine neue Anstellung zu erhalten. Die Direktoren rissen sich um sie. Aber Schwester Olive unterzeichnete keinen Kontrakt, ohne daß der Direktor sich verpflichtete, sie die Donna Sol in Hernani spielen zu lassen. Es wurde auch in den Kontrakt aufgenommen, daß, sobald Hernani gegeben würde, Schwester Olive die Rolle der Heldin spielen sollte. Und dann ließ der Direktor Schwester Olive ihre gewöhnlichen Rollen darstellen, in denen sie immer Erfolg hatte, aber Hernani – Hernani, behauptete er, sei unmodern und locke die Leute nicht an, er wage nicht, ihn aufs Repertoire zu setzen.

Die arme Schwester Olive dachte so manches liebe Mal, ob es nicht am klügsten wäre, heim zu ihren Apfelbäumen und ihrem Verlobten zurückzukehren, aber die Hoffnung konnte doch nicht in ihr sterben. Und sie blieb beim Theater und fuhr fort, diese kleinen Rollen zu spielen, die ihr weder Mühe noch Anstrengung kosteten, und in denen sie immer Erfolg hatte. Schließlich wuchs ihr Ansehen in dem Grade, daß der Direktor des Théâtre français kam, sie auftreten zu sehen. Und das Ende war, daß Schwester Olive ihren Einzug in Molieres Haus hielt.

Als das geschah, dachte Schwester Olive nur daran, daß es ihr jetzt vergönnt sein würde, die Donna Sol auf Frankreichs vornehmster Bühne zu spielen, und sie versöhnte sich beinah ein wenig mit allen den gewöhnlichen Müllerinnen und Händlerinnen, da sie sie so weit gebracht hatten.

Zu allem Glück hatte Schwester Olive einen solchen Eindruck von der großen Schauspielerin empfangen, die die Rolle darstellte, wenn das Schauspiel einmal auf dem Repertoire stand, daß sie mehrere Jahre lang gar nicht wagte, von ihrem Wunsch zu sprechen. Aber die Zeit verging, und sie fürchtete, daß sie zu alt würde. ›Du mußt es jetzt durchsetzen oder nie,‹ sagte sie zu sich selbst. ›Du weißt ja, daß du die Donna Sol spielen kannst, so wie sie noch niemand vor dir gespielt hat. Was denkst du eigentlich, Olive, du hast doch noch nicht das Ziel deines Lebens erreicht! Bist du etwa aus deiner Heimat fortgegangen, um diese Bauernweiber zu spielen? Mein Gott, dazu hättest du dich nicht bis zum Théâtre français emporzuarbeiten brauchen, um dich wie eine Landpomeranze zu betragen.‹

Sie ging also und sprach mit dem Direktor, und der Direktor versprach, ihren Wunsch zu erfüllen. Dann hielt er sie drei bis vier Jahre mit leeren Versprechungen hin.

Als sie volle zehn Jahre am Théâtre français angestellt gewesen war, kam sie mit ihrer Klage wieder. ›Ich habe nun länger an der Bühne gedient als Jakob,‹ sagte sie. ›Sie müssen mir meine Donna Sol geben.‹

Der Direktor rief alle Künstler zusammen, die beim Theater etwas zu sagen hatten, und legte ihnen die Frage vor. ›Wir müssen Olive Miteau versuchen lassen,‹ sagten sie. ›Natürlich macht sie Fiasko, aber es gibt keine andre Möglichkeit, mit der Sache fertig zu werden.‹ In den folgenden Wochen machte sich Schwester Olive von aller andern Arbeit frei, sie las und repetierte nur unaufhörlich ihre Rolle. Das Seltsame war, daß sie gleich merkte, daß ihr die Begeisterung für die Aufgabe fehlte. ›Ich muß es tun,‹ dachte sie, ›aber ich glaube, ich werde froh sein, wenn es vorüber ist und ich zu meinen gewöhnlichen Rollen zurückkehren kann.‹

Und zuweilen, wenn sie die romantischen Worte ihrer Rolle rezitierte, fand sie sie geschmacklos und unnatürlich. ›Ach,‹ sagte sie, ›man hat mich zu alt werden lassen.‹

In Wirklichkeit lag die Schuld an ihr. Sie war an Verse nicht gewöhnt, sie konnte es nicht Hals über Kopf lernen, sie natürlich und leichtfließend zu sprechen. Die großen Worte wollten nicht über ihre Zunge gleiten. Und sie merkte, daß sie eine ganz neue Art zu gehen und die Hände zu bewegen lernen mußte. ›Das ist ja Torheit,‹ sagte sie manchmal, ›niemand ist je so gegangen oder hat so gesprochen wie diese Donna Sol. Das ist keine Rolle für einen Menschen.‹ Aber zuweilen fühlte Schwester Olive doch etwas von der alten Begeisterung für die Rolle, und dann dachte sie: ›Wenn ich wirklich auftrete, wenn ich endlich auf der Bühne stehe, dann werde ich so sehr Donna Sol sein wie niemand vor mir. Ich weiß, daß sie in mir lebt als mein zweites Ich. Was bedeutet es, daß es mir bei den Proben nicht gelingt? Ich weiß, im großen Augenblick wird sie hervorkommen.‹

Nichtsdestoweniger war Schwester Olive nach jeder Probe verzweifelt, und dieses Gefühl wurde von dem Direktor und den übrigen Künstlern geteilt. ›Mademoiselle Miteau,‹ sagte der Direktor eines Tages sehr freundlich zu ihr, ›Sie haben mein Versprechen, und es wird alles geschehen, wie Sie wollen, aber wollen Sie es wirklich?‹

›Ich weiß nicht, ob ich will,‹ sagte sie, ›aber ich weiß, daß ich muß.‹

Sie begann eine Niederlage vor sich zu sehen, eine Niederlage gerade in dem, was der Ehrgeiz ihres Lebens gewesen war, eine Niederlage in dem lachlustigen Paris, auf Frankreichs erster Bühne.

Und bald schien Schwester Olive der Sinn für die Rolle selbst zu fehlen, sie beschäftigte sich nur mit Nebendingen, sie probierte Perücken und wählte zwischen einer roten und einer schwarzen, so wie man wählt, wenn es sich um das Glück eines ganzen Lebens handelt.

Sie probierte ihre Kleider mit unerhörter Genauigkeit, sie schminkte sich zur Probe bald rosig, bald olivgelb. Aber sie, die als Kammerjungfer niedlich und beinah graziös aussah, war als Edeldame steif und ungeschickt. Und ihr Gesicht, das unter dem Zofenhäubchen jung und frisch aussah, erschien seltsam alt und verwüstet, als sie die spanische Donna Sol vorstellen sollte.

›Aber es muß doch gelingen,‹ dachte sie. ›Seit meinem siebzehnten Jahre habe ich gefühlt, daß ich einzig und allein auf die Welt gekommen bin, diese Rolle zu spielen.‹

Das alte Schauspiel Hernani macht heutzutage im allgemeinen keine vollen Häuser, aber an dem Abend, an dem Schwester Olive auftrat, war jeder Platz besetzt. Alle kannten Schwester Olives Geschichte, und man war ein wenig gerührt über diese lebenslängliche Liebe zu Donna Sol. ›Warum hat man sie diese Rolle nicht früher spielen lassen?‹ fragte man. ›Sie ist zu alt, sie wird ganz schrecklich sein.‹

Immerhin erwartete der eine oder andre, daß es ihr doch gelingen würde, da es doch ihr innerer Beruf zu sein schien. Und es herrschte vor Beginn des Stückes recht große Spannung im Publikum.

Aber als der Vorhang aufging und Schwester Olive hereinkam und zu sprechen anfing! Ein einziger gequälter Seufzer entrang sich gleichsam dem Publikum, und dann war niemand mehr neugierig. Man machte sich taub und blind, man versuchte sie ganz zu vergessen.

Schwester Olive konnte nachher nicht recht verstehen, wie sie sich durch den Abend durchgeschleppt hatte. Das Publikum war nicht hart gegen sie, es war sehr barmherzig. Man fand es beinah pikant, daß es ihr so gänzlich mißlungen war, daß sie sich so gründlich über ihren Beruf getäuscht hatte.

Und den einen oder andern erfaßte natürlich Angst, wenn er an diese Idee dachte, die sich Schwester Olives bemächtigt und sie irregeleitet hatte. Etwas Ähnliches konnte ja jedem widerfahren.

›Sie kann sich immerhin glücklich schätzen,‹ sagte man, ›sie hat ja durch diese Marotte eine ausgezeichnete Stellung erlangt, und sie braucht ja diese entsetzliche Rolle, die ihr so gar nicht liegt, nicht mehr zu spielen.‹

Schwester Olive war in Verzweiflung über sich selbst. Warum ging sie nicht in ihrer Rolle auf, warum war sie so kalt, warum fühlte sie nichts? Wie konnte sie so unnatürlich deklamieren? War sie denn keine Künstlerin? Sie fühlte sich beinah versucht, sich selbst auszupfeifen. Sie sollte ja diesen Hernani lieben. Aber es fehlte ihren Blicken, wenn sie auf ihm ruhten, jede Glut. ›Ach, ach, das soll Donna Sol sein,‹ dachte sie, als sie schwer und linkisch über die Bühne schritt. Aber Schwester Olive war ja sehr beliebt, und sie erlitt keinen Schaden durch ihre Niederlage, wahrhaftig gar keinen. Es war wirklich sehr schön, daß die Kritik sowohl wie das Publikum sich ganz enthielten, über ihr Fiasko zu sprechen, und sich nur beeilten, es zu vergessen. Vergebens durchsuchte Schwester Olive am nächsten Morgen die Zeitungen, um einen Bericht über ihren Mißerfolg zu finden. Sie fand ihn überhaupt nicht erwähnt.

Das erschien ihr rührend, aber zugleich war sie vor Schreck förmlich gelähmt. ›War ich so entsetzlich?‹ dachte sie. ›War ich so, daß man es nicht einmal wagt, von mir zu sprechen?‹

Im Lauf des Vormittags stattete der Direktor selbst Schwester Olive einen Besuch ab.

Er schwieg nicht über das, was geschehen war, sondern er erklärte und ergründete es wie ein Arzt, der einen Krankheitsfall analysiert. ›Sie hatten zu lange gewartet, Sie sahen der Sache mit zu viel Spannung entgegen. Das benahm Ihnen den Atem und die Besinnung. Sie spielten gewissermaßen mit einem Band um die Kehle und mit Fesseln an den Händen. Es konnte Ihnen das erstemal unmöglich gelingen, heute werden Sie sich ausruhen, aber morgen – wollen Sie es morgen wieder versuchen?«

Schwester Olive besann sich. Manchmal, wenn man eine Niederlage erlitten hat, fühlt man, daß es besser gehn würde, wenn man es noch einmal versuchen könnte. Aber als Schwester Olive das Anerbieten des Direktors hörte, empfand sie nichts Derartiges. Sie hatte keine Kraft, den Kampf noch einmal aufzunehmen. Sie hatte nicht einmal Lust. So schlecht auch alles gegangen war, sie freute sich doch, daß es wenigstens vorüber war.

Schwester Olive dankte dem Direktor und sagte nein.

Der Direktor sah Schwester Olive mit einem langen Blick an und begann von etwas anderm zu sprechen.

Als er aufstand, um zu gehen, sagte er wie zufällig: ›Wir treffen uns doch morgen auf der Probe, nicht wahr, Mademoiselle?‹

Als er dies sagte, erschrak Schwester Olive so sehr, daß sie beinahe wankte. Sie fühlte, daß sie, sollte sie wieder auftreten, dann stets den gleichen Druck und die gleiche Unsicherheit wahrnehmen würde wie am vorhergehenden Abend. Mit einem Mal war es ihr ganz klar, daß sie keine Rolle mehr darstellen konnte. Daran hatte Schwester Olive vorher nicht gedacht, aber in dem Augenblick, in dem der Direktor ihr sagte, daß sie zu einer Probe kommen solle, begriff sie es.

Schwester Olive nahm sich acht Tage Urlaub, und als sie zu ihrer Tätigkeit zurückkehrte, war sie fröhlich und gesund und hatte offenbar die ganze Sache vergessen.

Aber als sie zum ersten Male die Bühne betreten sollte, da empfand sie einen eigentümlichen Widerwillen. Sie mußte sich zwingen, es zu tun. Es war nicht gerade Angst, es war ein beinahe unüberwindlicher Widerwille.

Und als sie dann auf der Bühne stand, auf der sie sich sonst so wohl befunden hatte, da senkte sich Eiseskälte auf sie herab, sie fühlte, daß ihre Gesichtszüge starr wurden wie damals, als sie die Spanierin gespielt hatte. Und als sie zu sprechen begann, erkannte sie Donna Sols abscheuliche, unnatürliche Stimme wieder.

Von diesem Augenblick an haßte Schwester Olive das Theater. Aber da sie eine praktische, kluge Person war, gab sie ihrem Mißmut nicht sogleich nach. Sie kämpfte einen ganzen Winter gegen ihren Widerwillen an, aber schließlich wurde er in ihr übermächtig.

›Ich habe nun genug Rollen verdorben,‹ sagte sie zu ihrem Direktor, ›um einzusehen, daß ich nicht mehr tauge. Mir bleibt nur mehr eins übrig, nämlich meiner Wege zu gehen.‹

Dann kam sie zu uns und wurde barmherzige Schwester. Sie war immer ruhig und heiter, und die Kranken liebten sie. Sie war auch bei uns glücklich; es lag in ihrer Natur, glücklich zu sein.

Als ich sie kennen lernte, war ich noch jung, und ich fragte sie manchmal: ›Sehnen Sie sich nie zurück in die Welt, Schwester Olive, nach Ihrem Theater, Ihren Rollen, Ihren schönen Pferden und Ihren eleganten Möbeln?‹

Ich erinnere mich deutlich an Schwester Olive, als ich sie einmal so fragte. Sie war mit den Jahren immer mehr wie eine alte Bäuerin geworden, sie hatte Fett angesetzt, ihr Gesicht war sehr runzlig und grob, aber sie sah auch sehr kräftig und klug aus mit ihrem breiten Kinn und ihren klaren Augen.

›Wonach sollte ich mich sehnen?‹ sagte sie. ›Es war ja unmöglich, es länger auszuhalten. Wozu ich Lust hatte, dazu hatte ich keine Anlagen, und wozu ich Anlagen hatte, dazu fehlte mir die Lust.‹«

Die barmherzige Schwester schloß: »Ja, das war Schwester Olives Geschichte.«

»Wissen Sie was?« sagte der Konsul. »Ich sah sie auftreten. Ich war sogar an jenem Abend im Theater und sah sie die Donna Sol spielen. Ja, das war ein Fiasko! Aber was ist nun Ihre Ansicht über dies alles, Schwester?«

»Darüber gibt es wohl nur eine Meinung,« fiel der Kapitän ein, »dieser innere Beruf ist ein Betrüger.«

»Man muß ihm mißtrauen,« sagte der Maler. »Mißtrauen, mißtrauen!« rief der Konsul beinahe zornig aus. »Man muß ja auch der Liebe mißtrauen, aber was wird ohne sie aus uns? Nichts! Und was vermögen wir, wenn wir uns nicht berufen glauben? Nichts. Wozu taugen wir? Zu nichts. Was ist Ihre Meinung, Schwester Agnes?«

»Ich denke, Monsieur Bartout, daß in der einen oder andern Weise dem allen etwas Göttliches zugrunde liegen muß.«

»Ja gewiß,« sagte der Konsul, »und wenn das Göttliche auch gefährlich ist, kann das ein Grund sein, es zu schmähen?«

Die Silbergrube

König Gustav III. machte eine Reise durch Dalekarlien. Er hatte es eilig und wollte den ganzen Weg wie im Flug durchfahren. Und als sie mit solcher Eile dahinrasten, daß die Pferde wie gestreckte Riemen den Weg entlang lagen und der Wagen an den Biegungen auf zwei Rädern stand, da steckte der König den Kopf durchs Wagenfenster und rief dem Kutscher zu: »Warum sputet er sich denn nicht? Glaubt er etwa, daß er eine Eierschale fährt?«

Da sie in so toller Hast über schlechte Landstraßen fuhren, wäre es beinahe ein Wunder gewesen, wenn Zaumzeug und Wagen gehalten hätten. Das konnten sie denn auch nicht; am Fuße eines steilen Hügels brach die Deichselstange, und da saß nun der König. Des Königs Kavaliere sprangen aus dem Wagen und schalten den Kutscher, aber das machte den Schaden nicht geringer. Es gab keine Möglichkeit für den König, die Reise fortzusetzen, ehe nicht der Wagen instand gesetzt war. Als die Hofherren sich umsahen, um etwas ausfindig zu machen, was den König zerstreuen könnte, indes er wartete, sahen sie aus einem Gehölz, das ein Stück weit am Wege lag, einen Kirchturm aufragen. Sie schlugen dem König vor, sich in einen der Wagen zu setzen, in denen der Hofstaat fuhr, und zur Kirche zu fahren. Sonntag war es, und der König könnte ja dem Gottesdienst beiwohnen, damit die Zeit verginge, bis die große königliche Karosse fertig wäre.

Der König ging auf den Vorschlag ein und fuhr zur Kirche. Vorher war der König viele Stunden lang durch dunkle Waldgegenden gefahren, hier sah es fröhlicher aus; große Felder und Dörfer und der Dalstrom, der hell und prächtig zwischen gewaltigen Massen von Erlengebüsch dahinglitt.

Nur hatte der König insofern Unglück, als der Küster gerade in dem Augenblick, in dem der König auf dem Kirchenhügel aus dem Wagen stieg, den Schlußpsalm anstimmte und das Volk schon die Kirche zu verlassen begann. Als die Menschen so an ihm vorübergingen, blieb der König mit dem einen Fuß im Wagen und dem andern auf dem Trittbrett stehen und rührte sich nicht vom Fleck, sondern betrachtete sie. Das waren die schmucksten Leute, die der König je gesehen hatte. Die Burschen waren alle über gewöhnliche Manneshöhe, mit klugen, ernsten Gesichtern, und die Frauen kamen so stattlich und würdig gegangen, daß der König fand, es könnte ihnen wohl anstehen, im feinsten Schloß zu wohnen.

Den ganzen vorhergehenden Tag hatte sich der König vor der öden Gegend geängstigt, durch die er gekommen war, und er hatte einmal übers andre zu seinen Kavalieren gesagt: »Jetzt fahre ich gewiß durch den allerärmsten Teil meines Reichs.« Aber als er nun das Volk in der schmucken Kirchspieltracht sah, da vergaß er, an Armut zu denken. Es wurde ihm im Gegenteil warm ums Herz, und er sagte zu sich selbst: »Mit dem König von Schweden steht es nicht so schlimm, wie seine Feinde glauben. So lange meine Untertanen so aussehen, werde ich wohl noch imstande sein, meinen Glauben und mein Land zu verteidigen.«

Er befahl den Hofherren, dem Volk zu verkündigen, daß der Fremde, der mitten unter ihnen stünde, ihr König sei, und daß sie sich um ihn versammeln sollten, damit er zu ihnen reden könne.

Und nun hielt der König eine Ansprache an das Volk. Er sprach von der hohen Treppe vor der Sakristei, und die schmale Treppenstufe, auf der er stand, ist noch heute erhalten.

Der König begann darzulegen, wie schlimm es im Reiche stünde. Er sagte, daß die Schweden von den Russen und Dänen mit Krieg bedrängt würden. Dies wäre unter andern Umständen nicht so gefährlich, aber im Kriegsheere gäbe es viele Verräter, und der König habe keine Armee, auf die er sich verlassen könne. Darum sei ihm nichts übrig geblieben, als selbst hinaus in die Provinzen zu ziehen und seine Untertanen zu fragen, ob sie sich den Verrätern anschließen, oder dem König treu sein und ihm mit Leuten und Geld helfen wollten, das Vaterland zu befreien.

Die Bauern verhielten sich ganz still, während der König sprach, und als er geschlossen hatte, gaben sie kein Zeichen der Zustimmung oder des Mißfallens.

Dem König schien es selbst, daß er sehr beredt gewesen sei. Die Tränen waren ihm mehrere Male in die Augen getreten, während er gesprochen hatte. Aber als die Bauern noch immer ängstlich und unschlüssig dastanden und sich nicht entschließen konnten, ihm zu antworten, runzelte er die Stirn und sah mißvergnügt drein.

Die Bauern begriffen, daß es dem König schwer fallen müßte, zu warten, und endlich trat einer von ihnen aus der Menge hervor.

»Nun mußt Du wissen, König Gustav, daß wir heute keinen Königsbesuch im Kirchspiel erwarteten,« sagte der Bauer, »und darum sind wir auch nicht sogleich bereit, Dir zu antworten. Ich will Dir raten, daß Du in die Sakristei gehst und mit unserm Pfarrer sprichst, während wir miteinander das beratschlagen, was Du uns vorgelegt hast.«

Der König begriff, daß er fürs erste keinen besseren Bescheid erlangen könne, und fand es am klügsten, den Rat des Bauern zu befolgen. Als er in die Sakristei kam, war niemand da außer einem, der wie ein alter Bauer aussah. Er war groß und grobknochig, mit derben Händen, die von harter Arbeit schwielig waren, und trug weder Kragen noch Mantel, sondern Lederhosen und einen langen, weißen Schafpelz wie alle die andern Männer.

Er stand auf und verneigte sich vor dem König, als dieser eintrat.

»Ich glaubte, ich würde den Pfarrer hier finden,« sagte der König.

Der andre wurde ein wenig rot. Er fand es peinlich, zu sagen, daß er selbst der Seelsorger dieser Gemeinde sei, da er sah, daß der König ihn für einen Bauer hielt.

»Ja, der Pfarrer pflegt um diese Zeit hier zu sein,« sagte er.

Der König ließ sich in einem großen, hocharmigen Lehnstuhl nieder, der dazumal in der Sakristei stand und noch heutigen Tags dasteht und ganz unverändert ist; nur eine vergoldete königliche Krone hat die Gemeinde an der Rückenlehne anbringen lassen.

»Habt Ihr einen guten Pfarrer hier im Kirchspiel?« fragte der König. Er wollte versuchen, Anteilnahme an dem Schicksal der Bauern zu zeigen.

Als der König ihn so fragte, schien es dem Pastor unmöglich, zu sagen, wer er sei. Es ist besser, der König bleibt bei seinem Glauben, daß ich nur ein Bauer bin, dachte er und antwortete, der Pfarrer sei gut genug. Er predige Gottes Wort rein und klar, und er versuche zu leben, wie er lehre.

Der König fand, dies sei eine gute Auskunft, aber er hatte ein scharfes Ohr und merkte ein gewisses Zögern im Ton.

»Das klingt so, als wäre er doch nicht so recht mit dem Pfarrer zufrieden,« sagte er.

»Er ist wohl ein bißchen eigenwillig,« sagte der Pastor. Er dachte, sollte der König doch erfahren wer er sei, dann würde es diesem sicher nicht gefallen, daß er da gestanden und nur sich selbst gelobt hätte; und darum wollte er sich auch mit ein wenig Tadel hervorwagen. »Es gibt Leute, die vom Pfarrer sagen,« fuhr er fort, »daß er ganz allein dieses Kirchspiel lenken und regieren will.«

»Dann hat er es auf jeden Fall aufs beste geführt und geleitet,« sagte der König. Es wollte ihm nicht gefallen, daß dieser Bauer sich über den beklagte, der über ihn gesetzt war. »Mich dünkt, hier sieht es aus, als herrschten gute Sitten und altväterische Schlichtheit.«

»Das Volk ist brav,« sagte der Pastor, »aber es lebt auch weit aus der Welt in Armut und Abgeschiedenheit. Die Menschen hier würden wohl auch nicht besser sein als andre, wenn die Versuchungen dieser Welt ihnen näher kämen.«

»Nun, es ist ja wohl keine Gefahr vorhanden, daß das geschieht,« sagte der König und zuckte die Achseln. Er fand, daß er an einen geraten war, der sich unnötige Sorgen machte. Der König sagte nichts weiter, sondern begann mit den Fingern auf dem Tische zu trommeln. Er meinte, daß er genug gnädige Worte mit diesem Bauer gewechselt hätte, und begann sich zu wundern, wann wohl die andern bereit sein würden, ihm Antwort zu geben.

Diese Bauern sind nicht sehr eifrig, ihrem König zu Hilfe zu kommen, dachte er. Wenn ich nur meinen Wagen hätte, so würde ich von ihnen und allen ihren Beratschlagungen fort meiner Wege fahren.

Der Pastor hinwiederum saß bekümmert da und kämpfte mit sich selbst, wie er eine wichtige Sache entscheiden solle, mit der er zu Ende kommen mußte. Er fing an, sich zu freuen, daß er dem König nicht gesagt hatte, wer er sei. Nun konnte er mit ihm über das reden, was er sonst nicht hätte zur Sprache bringen können.

Nach einer kleinen Weile brach der Pfarrer das Stillschweigen und fragte den König, ob es sich wirklich so verhielte, wie er ihn eben habe sagen hören, daß die Feinde Schweden bedrohten und das Reich in Gefahr sei.

Der König meinte, daß dieser Mann soviel Verstand haben sollte, ihn nicht weiter zu stören. Er sah ihn groß an und antwortete nicht.

»Ich frage, weil ich hier drinnen stand und vielleicht nicht ganz richtig hören konnte,« sagte der Pastor. »Aber wenn es sich wirklich so verhält, dann will ich sagen, daß der Pfarrer dieser Gemeinde vielleicht imstande wäre, dem König mehr Geld zu verschaffen als er benötigt.«

»Mich dünkt, er sagte doch ganz kürzlich, daß alle hier so arm seien,« erwiderte der König und dachte, der Bursche wisse wohl selbst nicht, was er schwätze.

»Ja, das ist wahr,« versetzte der Pastor, »und der Pfarrer hat auch nicht mehr als irgend ein andrer. Aber wenn der König so gnädig sein will, mich ein Weilchen anzuhören, dann will ich erzählen, wie es kommt, daß der Pfarrer die Macht hat, ihm zu helfen.«

»Er mag sprechen,« sagte der König. »Es scheint ihm leichter zu fallen, die Worte über die Lippen zu bringen, als seinen Freunden und Nachbarn draußen, die wohl nie mit dem zu Ende kommen, was sie mir zu sagen haben.«

»Es ist nicht so leicht, dem König zu antworten,« sagte der Pastor. »Ich fürchte, daß es schließlich der Pfarrer auf sich nehmen muß, es für die andern zu tun.«

Der König legte ein Bein über das andre, drückte sich tief in den Lehnstuhl, kreuzte die Arme und ließ den Kopf auf die Brust sinken.

»Nun kann er beginnen,« sagte er in einem Tone, als schliefe er schon.

»Es waren einmal fünf Männer aus diesem Kirchspiel, die auf die Elenjagd in den Wald zogen,« begann der Pastor. »Einer von ihnen war der Pfarrer, von dem wir sprachen. Zwei von den andern wa ren Soldaten und hießen Olof und Erik Svärd, der vierte der Männer war ein Gastwirt hier im Kirchdorf und der fünfte war ein Bauer, der Israels Person hieß.«

»Er braucht sich nicht die Mühe zu machen, so viele Namen aufzuzählen,« murmelte der König und ließ den Kopf auf die eine Seite sinken.

»Diese Männer waren gute Jäger«, fuhr der Pastor fort, »und sie pflegten sonst Glück zu haben. Aber an diesem Tage waren sie weit und breit umhergezogen, ohne etwas anzutreffen. Endlich hörten sie völlig zu jagen auf und setzten sich nieder, um zu plaudern. Sie sprachen davon, daß es im ganzen Walde keine Stelle gäbe, die sich urbar machen ließe, alles sei nur Felsen und Morast. ›Unser Herrgott hat nicht gerecht an uns gehandelt, daß er uns ein so karges Land gegeben hat,‹ sagte einer von ihnen. ›Anderswo können die Menschen sich Reichtum und Überfluß verschaffen, aber hier vermögen wir uns mit knapper Not unser tägliches Brot zu erarbeiten.‹«

Der Pastor hielt einen Augenblick inne, gleichsam im Zweifel, ob der König ihn auch höre, aber der König machte eine Bewegung mit dem kleinen Finger, um ihm zu bedeuten, daß er noch wach sei.

»Gerade als die Bauern davon sprachen, merkte der Pfarrer, daß es zwischen den Felsen an einer Stelle glitzerte, wo er zufällig mit dem Fuß das Moos weggestoßen hatte. Das ist doch ein merkwürdiger Stein, dachte er und stieß noch ein Mooshügelchen weg. Er nahm einen Steinsplitter auf, der am Moose hängen geblieben war und ebenso glänzte wie alles andre. ›Es ist doch wohl nicht möglich, daß dies hier Blei sein kann?‹ sagte er. Nun sprangen die andern auf und stießen das Moos mit den Büchsenkolben bei Seite. Und als sie das getan hatten, war es prächtig zu sehen, wie eine breite Erzader sich durch das Gestein zog. ›Was glaubt ihr, daß dies sein kann?‹ sagte der Pfarrer. Die Männer schlugen Steinsplitter los und bissen hinein. ›Das muß wenigstens Blei oder Zink sein‹, sagten sie. ›Und der ganze Berg ist voll davon‹, sagte der Pfarrer.«

Als der Pastor in seiner Erzählung so weit gekommen war, sah man, wie der Kopf des Königs sich ein wenig hob und ein Auge sich öffnete. »Weiß er, ob einer dieser Leute sich auf Erze und Gesteine verstand?« fragte er. – »Nein, davon verstanden sie nichts,« antwortete der Pastor. Da sank der Kopf des Königs hinab, und seine beiden Augen schlossen sich wieder.

»Sowohl der Pfarrer wie die, welche mit ihm waren, freuten sich sehr,« fuhr der Pastor fort, ohne sich durch die Gleichgültigkeit des Königs irre machen zu lassen. »Sie dachten, daß sie nun das gefunden hätten, was sie reich machen könnte und ihre Nachkommen ebenfalls! ›Nie mehr werde ich zu arbeiten brauchen!‹ sagte einer von den Soldaten, ›ich werde die ganze Woche nichts tun und am Sonntag in einer goldenen Kutsche zur Kirche fahren!‹

Es waren sonst verständige Leute, aber der große Fund war ihnen zu Kopf gestiegen, so daß sie wie Kinder sprachen. So viel Besinnung hatten sie doch, daß sie das Moos wieder zurechtlegten und den Schatz verbargen. Dann merkten sie sich genau den Platz, wo er sich befand, und gingen heim.

Bevor sie sich trennten, bestimmten sie, daß der Pfarrer nach Falun fahren und den Berghauptmann fragen solle, was dies für ein Erz sei. Er sollte sobald als möglich zurückkommen, und bis dahin gelobten sie einander mit heiligen Eiden, keinem Menschen zu verraten, wo das Erz zu finden sei.«

Der Kopf des Königs hob sich wieder ein wenig, aber er unterbrach den Erzähler mit keinem Wort. Er schien jetzt zu glauben, daß der andre ihm wirklich etwas Wichtiges zu sagen haben müsse, da er sich durch seine Gleichgültigkeit so gar nicht stören ließ.

»Nun machte sich der Pfarrer mit ein paar Erzproben in der Tasche auf den Weg. Er war ebenso froh, reich zu werden wie irgend einer der andern. Er dachte daran, daß er den Pfarrhof umbauen wollte, der jetzt um nichts besser war als eine Bauernhütte; und dann wollte er sich mit einer Propsttochter verheiraten, der er gut war. Bis dahin hatte er gedacht, daß er lange auf sie warten müßte. Er war arm und unbekannt, er wußte, daß es lange währen würde, bis er eine Stelle bekäme, die es ihm möglich machte, zu heiraten.

»Der Pfarrer fuhr zwei Tage lang nach Falun, und einen Tag mußte er dort umhergehen und warten, weil der Berghauptmann verreist war, und an jemand andern wagte er sich nicht zu wenden. Endlich konnte er ihn sprechen und zeigte ihm die Erzstücke. Der

Berghauptmann nahm sie in die Hand. Er sah zuerst sie an, dann den Pfarrer.

Der Pfarrer erzählte, daß er sie in seinem heimatlichen Kirchspiel in einem Felsen gefunden habe, und meinte, ob es nicht Blei sein könne.

›Nein, Blei ist es nicht,‹ sagte der Berghauptmann.

›Also ist es vielleicht Zink?‹ fragte der Pfarrer.

›Zink ist es auch nicht,‹ sagte der Berghauptmann.

Dem Pfarrer war zu Mute, als ob seine ganze Hoffnung zu Boden sänke, so verzagt hatte er sich so manchen lieben Tag nicht gefühlt.

›Habt ihr viel solche Steine in euerem Kirchspiel?‹ fragte der Berghauptmann.

›Wir haben einen ganzen Berg,‹ sagte der Pfarrer.

Da ging der Berghauptmann auf ihn zu, klopfte ihm auf die Schulter und sagte:

›Dann seht zu, daß ihr einen solchen Gebrauch davon macht, daß es euch selbst und dem Lande zum Nutzen gereicht, denn dies ist Silber!‹

›Ja so,‹ stammelte der Pfarrer ganz verwirrt. ›Ja so, es ist Silber.‹

Der Berghauptmann begann, ihm zu erklären, was er zu tun hätte, um sich ein gesetzliches Recht auf die Grube zu verschaffen, und gab ihm viele gute Ratschläge, aber der Pfarrer stand, ganz wirr im Kopfe, da und hörte nicht zu, was er sagte. Er dachte, wie unglaublich dies sei, daß daheim in seinem armen Kirchspiel ein ganzer Berg mit Silbererzen läge und auf ihn wartete.«

Der König erhob so heftig den Kopf, daß der Pastor sich unterbrach.

»Es kam wohl so,« sagte der König, »daß als er nach Hause zurückkehrte und anfing, die Grube zu bearbeiten, er merkte, daß der Berghauptmann seinen Spaß mit ihm getrieben hatte.«

»Ach nein, der Berghauptmann hatte ihn durchaus nicht zum Besten gehabt,« sagte der Pastor.

»Er kann fortfahren,« sagte der König und setzte sich wieder zurecht, um zuzuhören.

»Als der Pfarrer endlich zu Hause war und durch sein heimatliches Kirchspiel fuhr,« hob der Pastor wieder an, »war er sich klar, daß er vor allem seine Kameraden von der Entdeckung benachrichtigen müßte.«

»Er wollte wohl ihr Glück sehen,« fiel der König ein.

»Ja, das wollte er, und da er an dem Hause des Gastwirts Sten Stensons vorüberfuhr, beabsichtigte er, bei ihm einzukehren und ihm zu erzählen, daß das, was sie gefunden hatten, Silber sei. Aber als er vor dem Tore Halt machte, sah er, daß Laken vor den Fenstern hingen, und daß ein breiter Weg von gehacktem Tannenreisig zur Treppe hinaufführte.

›Wer ist denn hier im Hause gestorben?‹ fragte der Pfarrer einen Jungen, der am Zaune lehnte.

›Der Gastwirt selber,‹ antwortete der Junge. Und dann erzählte er dem Pfarrer, daß der Gastwirt sich seit einer Woche jeden Tag betrunken habe. ›Ach, der viele Branntwein, der viele Branntwein, der hier draufgegangen ist!‹ sagte der Junge. – ›Woher mag das kommen?‹ fragte der Pfarrer. ›Der Gastwirt pflegte sich doch sonst niemals zu betrinken.‹ ›Ja,‹ sagte der Junge, ›er trank, weil er behauptete, daß er eine Grube gefunden habe. Er sei so steinreich,‹ sagte er. ›Er brauche niemals mehr etwas andres zu tun, als zu saufen. Und gestern abend fuhr er fort, betrunken wie er war; der Wagen warf um, und er fiel sich zu Tode.‹

Als der Pfarrer das gehört hatte, fuhr er heimwärts. Er war sehr betrübt über das, was er gehört hatte. Er war ja so vergnügt gekommen und hatte sich so sehr gefreut, die große Neuigkeit zu erzählen.

Als der Pfarrer ein paar Schritte weiter gefahren war, sah er Israels Per Person herankommen. Er sah ganz wie immer aus, und der Pfarrer dachte, es sei gut, daß ihm nicht auch das Glück zu Kopfe gestiegen war. Ihn wollte er sogleich mit der Nachricht erfreuen, daß er nun ein reicher Mann sei. ›Guten Tag,‹ sagte Per Person, ›kommst du von Falun?‹ – ›Ja, daher komme ich,‹ sagte der Pfarrer, ›und nun will ich dir sagen, daß es dort besser gegangen ist, als wir uns dachten; der Berghauptmann sagte, daß das, was wir gefunden haben, Silber sei.‹ In demselben Augenblick sah Per Person aus, als hätte sich die Erde vor ihm aufgetan. ›Was sagst du, was sagst du? Es ist Silber?‹ – ›Ja,‹ antwortete der Pfarrer, ›wir werden nun reiche Leute, wir alle, und können wie Herrschaften leben!‹ – ›Nein, ist es Silber!‹ sagte Per Person noch einmal und sah immer betrübter aus. – ›Ja, gewiß ist es Silber,‹ antwortete der Pfarrer, ›du darfst nicht glauben, daß ich dich betrügen will, du brauchst dich nicht zu fürchten, froh zu sein.‹ – ›Froh,‹ sagte Per Person, ›wie sollte ich froh sein. Ich glaubte, es sei nur Katzengold, und so meinte ich, ein Sperling in der Hand ist besser als eine Taube auf dem Dach. Ich habe meinen Anteil an der Grube für hundert Taler an Olof Svärd verkauft.‹

Er war ganz verzweifelt, und als der Pfarrer von ihm fortfuhr, blieb er auf der Landstraße stehen und weinte.

Als der Pfarrer heim auf seinen Hof kam, schickte er einen Knecht zu Olof Svärd und seinem Bruder, um ihnen sagen zu lassen, daß das, was sie gefunden hatten, Silber sei. Er fand, daß er nun genug davon hätte, die gute Neuigkeit selbst zu verbreiten.

Aber als der Pfarrer am Abend allein daheim saß, da kam die Freude wieder zu ihrem Recht. Er ging in die Dunkelheit hinaus und stellte sich auf einen Hügel, wo er das neue Pfarrhaus anzulegen gedachte. Es sollte stattlich werden, das wollte er meinen, ebenso prächtig wie ein Bischofsitz. Er blieb lange draußen stehen in dieser Nacht, und er begnügte sich nicht damit, ein neues Pfarrhaus zu bauen. Es fiel ihm ein, daß, wenn so viel Reichtum von dieser Gegend ausginge, die Leute herbeiströmen müßten, und schließlich würde vielleicht eine ganze Stadt rings um die Grube im Walde gebaut werden. Und dann würde er gezwungen sein, in dieser Stadt eine neue Kirche zu errichten. Dafür würde wohl ein großer Teil seines Reichtums draufgehen. Aber er war auch damit noch nicht zufrieden, sondern dachte sich, daß wenn seine Kirche fertig wäre, der König und viele Bischöfe kommen würden, um sie einzuweihen; und dann würde der König sich sehr über die Kirche freuen, aber er würde einwenden, daß für ihn, den König, keine rechte Unterkunft in der Stadt sei. Und dann würde er dem König in der neuen Stadt ein Schloß bauen müssen.«

Einer der Kavaliere des Königs öffnete jetzt die Tür zur Sakristei und meldete, daß die große königliche Karosse instand gesetzt sei.

Der König war im ersten Augenblick bereit, sich zu erheben, aber dann besann er sich anders. »Er soll seine Geschichte zu Ende erzählen,« sagte er zum Pastor. »Aber er kann rascher fortfahren. Wir wissen schon, wie ein Mensch träumt und denkt. Wir wollen erfahren, wie er handelt.«

»Aber als der Pfarrer noch in diese Träume versunken dasaß,« fuhr der Pastor fort, »bekam er Botschaft, daß Israels Per Person sich selbst das Leben genommen habe. Er hatte es nicht ertragen können, daß er seinen Anteil an der Grube verkauft hatte. Er meinte wohl, daß er es nicht aushalten könne, sein ganzes Leben lang einherzugehen und zu sehen, wie ein andrer sich an dem Reichtum freute, der ihm hätte gehören können.«

Der König rückte sich ein wenig auf seinem Sitz zurecht. Er hatte beide Augen aufgeschlagen. »Meiner Treu,« sagte er, »wenn ich dieser Pfarrer gewesen wäre, ich glaube, ich hätte an der Grube genug gehabt.«

»Der König ist ein reicher Mann,« sagte der Pastor. »Er hat auf jeden Fall genug und übergenug. Anders steht es mit einem armen Pfarrer, der nichts sein eigen nennt. So einer fängt an nachzugrübeln, wenn er sieht, daß Gottes Segen nicht auf seinem Vorhaben ruht: ich will nicht mehr daran denken, selbst Ehre und Nutzen aus diesen Reichtümern zu ziehen. Aber ich kann doch das Silber nicht in der Erde liegen lassen. Ich muß es zum Besten der Armen und Notleidenden heben. Ich will es tun, um dem ganzen Kirchspiel zu helfen.

Darum ging der Pfarrer eines Tages zu Olof Svärd hinüber, um mit ihm und seinem Bruder zu besprechen, was sie zunächst mit dem Silberbergwerk vornehmen sollten. Als er in die Nähe von Olofs Behausung kam, begegnete er einem Karren, um den Männer mit Flinten in den Händen herumgingen, so, als hielten sie Wacht. Und auf dem Karren saß einer, dem die Hände rücklings gebunden waren und der Fesseln an den Fußknöcheln trug.

Als der Pfarrer vorbeikam, machte der Karren Halt, so daß er Zeit hatte, den Gefangenen zu betrachten. Sein Kopf war verbunden, so daß es nicht leicht war, zu erkennen, wer es sei, aber der Pfarrer glaubte doch, daß dies Olof Svärd sein müsse.

Er hörte den Gefangenen seine Wächter bitten, ihn ein paar Worte mit dem Pfarrer sprechen zu lassen.

Er trat darum näher, und der Gefangene wendete sich an ihn. ›Nun bist du der einzige, der weiß, wo der Silberberg ist,‹ sagte Olof.

›Was sagst Du da, Olof?‹ fragte der Pfarrer.

›Ja, siehst du, Pfarrer, seit wir erfahren hatten, daß wir einen Silberberg haben, konnten mein Bruder und ich nicht mehr so gut Freund sein wie früher; wir gerieten stets in Zank. Und gestern abend stritten wir, wer von uns zuerst die Grube gefunden hätte, oder war es etwas andres, worüber wir zankten, kurz, wir kamen in Zwist, und ich habe meinen Bruder erschlagen, und er hat mir auch einen tüchtigen Denkzettel hier über die Stirn gegeben. Und nun komme ich an den Galgen, und du bist dann der einzige, der etwas von der Grube weiß. Deshalb will ich dich um etwas bitten.‹

›Sprich nur frei heraus,‹ sagte der Pfarrer. ›Ich will für dich tun, was ich kann.‹

›Du weißt, daß ich viele kleine Kinder hinterlasse,‹ begann der Soldat, aber der Pfarrer fiel ihm ins Wort.

›Was das betrifft, so kannst du ruhig sein. Was auf deinen Anteil an der Grube kommt, werden sie erhalten, ganz als wenn du selbst am Leben wärest.‹

›Nein,‹ sagte Olof Svärd, ›ich wollte dich um etwas andres bitten. Laß keinen von ihnen teil an dem haben, was aus dieser Grube kommt.‹

Der Pfarrer zuckte zusammen, er blieb stumm stehen und konnte nichts antworten.

›Wenn du mir das nicht versprichst, kann ich nicht ruhig sterben,‹ sagte der Gefangene.

›Ja,‹ sagte der Pfarrer leise und mühsam, ›ich will dir versprechen, was du von mir verlangst.‹

Darauf wurde der Mörder fortgeführt, und der Pfarrer stand auf der Landstraße und dachte nach, wie er das Versprechen halten könne, das er ihm gegeben hatte. Den ganzen Heimweg dachte er an den Reichtum, über den er sich gefreut hatte. Aber wenn es nun so war, daß das Volk dieser Gemeinde den Reichtum nicht vertrug? Jetzt waren schon vier verdorben, die früher stolze und prächtige Männer gewesen waren. Er glaubte, die ganze Gemeinde vor sich zu sehen, und er stellte sich vor, wie diese Silbergrube einen nach dem andern zugrunde richten würde. Sollte er, der eingesetzt war, die Seelen dieser armen Menschen zu hüten, das über sie bringen, was ihr Untergang sein mußte?«

Der König saß auf einmal ganz aufrecht und starrte den Sprecher an. »Ich muß sagen,« sagte er, »er läßt mich begreifen, daß ein Pfarrer in diesem abgeschiedenen Dorfe ein ganzer Kerl sein muß.«

»Es war noch nicht genug an dem, was schon geschehen war,« fuhr der Pastor fort, »sondern sobald die Neuigkeit von der Grube sich unter den Kirchspielbewohnern verbreitete, hörten sie auf zu arbeiten und gingen müßig umher und warteten auf die Zeit, wo der große Reichtum sich über sie ergießen würde. Alle Landstreicher, die es in der Gegend gab, strömten herbei, und der Pfarrer mußte beständig von Trunksucht und Schlägereien hören.

Eine Menge Leute tat nichts andres, als im Walde herumstreichen und nach der Grube suchen, und der Pfarrer merkte, daß, sobald er seine Behausung verließ, ihm Menschen nachschlichen, um auszukundschaften, ob er sich zum Silberberg begäbe, um ihm so sein Geheimnis zu stehlen.

Als die Dinge so standen, rief der Pfarrer die Bauern zusammen.

Zuerst erinnerte er sie an all das Unglück, das die Entdeckung des Silberbergs über sie gebracht hatte, und fragte sie, ob sie sich zugrunde richten lassen oder sich selbst retten wollten. Dann sagte er ihnen, daß sie von ihm, der ihr Pfarrer sei, nicht erwarten dürften, daß er zu ihrem Untergang beitragen werde; er habe beschlossen, keinem Menschen zu verraten, wo der Silberberg sich befinde, und niemals wolle er selbst Reichtümer daraus heben. Und dann fragte er die Bauern, wie sie es in Zukunft halten wollten. Wenn sie fortfahren wollten, nach der Grube zu suchen und auf Reichtümer zu warten, dann wolle er so weit fortziehen, daß ihn niemals ein

Gerücht von ihrem Elend erreichen könne. Aber wenn sie es aufgeben wollten, an die Silbergrube zu denken, und wieder werden, wie sie zuvor gewesen wären, dann wolle er bei ihnen bleiben. »Aber, wie ihr euch auch entscheiden mögt,« sagte der Pfarrer, »so wisset das eine, daß von mir niemand je etwas über den Silberberg erfährt.«

»Nun,« sagte der König, »wie entschieden sich die Bauern?«

»Sie taten, wie ihr Pfarrer wollte,« sagte der Pastor. »Sie fanden, daß dies eines Mannes Rede sei, und versprachen, nicht mehr an den Silberberg zu denken. Sie sahen ein, daß der Pfarrer es gut mit ihnen meinte, da er um ihretwillen arm bleiben wollte. Und sie faßten großes Vertrauen zu ihm. Und sie gaben ihrem Pfarrer den Auftrag, in den Wald zu gehen und die Grube mit Reisig und Steinen wohl zu verbergen, so daß niemand sie finden könne, nicht sie und nicht ihre Nachkommen.«

»Und seitdem hat der Pfarrer hier ebenso arm gelebt wie die andern?«

»Ja,« antwortete der Pastor, »er hat hier ebenso arm gelebt wie die andern.«

»Er hat aber doch geheiratet und sich einen neuen Pfarrhof gebaut,« sagte der König.

»Nein, er hat nicht die Mittel gehabt zu heiraten, und er wohnt in der alten Hütte.«

»Das ist eine schöne Geschichte, die er mir da erzählt hat,« sagte der König und neigte dankbar das Haupt.

Der Pastor stand schweigend vor dem König. Nach einigen Augenblicken fuhr dieser fort: »Dachte er an das Silberbergwerk, als er sagte, daß der hiesige Pfarrer mir so viel Geld verschaffen könne, als ich brauche?«

»Ja«, sagte der andre.

»Aber ich kann ihm nicht Daumschrauben anlegen,« sagte der König, »und wie will er sonst, daß ich einen solchen Mann dazu bringe, mir den Berg zu zeigen? Er hat ja auf seine Liebste und allen Wohlstand des Lebens verzichtet.«

»Das ist etwas andres,« sagte der Pastor, »wenn das Vaterland den Schatz braucht, so gibt er wohl nach.«

»Steht er mir dafür ein?« fragte der König.

»Ja, dafür stehe ich ein,« sagte der Pastor.

»Kümmert er sich denn nicht darum, wie es seinen Pfarrkindern ergeht?«

»Das muß in Gottes Hand stehen.«

Der König erhob sich von dem Stuhle und trat ans Fenster. Da stand er eine Weile und sah auf die Volksmenge draußen. Je länger er hinblickte, desto heller begannen seine großen Augen zu leuchten, und seine schmächtige Gestalt schien zu wachsen. »Er kann dem Pfarrer dieser Gemeinde sagen,« sprach der König, »daß es für Schwedens König keinen schöneren Anblick gibt, als ein Volk wie dieses zu sehen.«

Darauf wendete sich der König vom Fenster ab und sah den Pastor an. Ein Lächeln flog über seine Züge. »Steht es so, daß der Pfarrer dieser Gemeinde so arm ist, daß er die schwarzen Kleider ablegt, wenn der Gottesdienst zu Ende ist, und sich wie ein Bauer kleidet?« fragte der König.

»Ja, so arm ist er,« sagte der Pastor, und die Röte schoß ihm in das grobe Gesicht.

Der König trat wieder ans Fenster. Man sah es ihm an, daß er in bester Stimmung war. Alles, was Edles in ihm schlummerte, war zum Leben erweckt worden. »Er soll diese Grube in Frieden ruhen lassen,« sagte der König. »Da er ein ganzes Leben lang gedarbt und gearbeitet hat, um das Volk hier so zu machen, wie er es haben will, so soll er es so behalten, wie es nun ist.«

»Aber wenn das Reich in Gefahr ist?« sagte der Pastor.

»Dem Reich ist besser mit Menschen als mit Geld gedient,« meinte der König. Und als er dies gesagt hatte, nahm er von dem Pastor Abschied und verließ die Sakristei.

Draußen stand die Volksmenge ebenso stumm und wortkarg, wie bei seinem Eintritt. Aber als der König die Treppe hinabstieg, kam ihm ein Bauer entgegen.

»Hast Du nun mit unserem Pfarrer gesprochen?« fragte der Bauer.

»Ja,« sagte der König, »ich habe mit ihm gesprochen.«

»Dann hast Du wohl auch unseren Bescheid bekommen,« erwiderte der Bauer. »Wir baten Dich, einzutreten und mit unserem Pfarrer zu sprechen, weil er Dir unsere Antwort bringen sollte.«

Warum der Papst so alt geworden ist

Es war in Rom zu Anfang der Neunziger Jahre. Leo der Dreizehnte stand da gerade auf der Höhe seines Ansehens und Ruhms. Alle rechtgläubigen Katholiken jubelten über seine Erfolge und Siege, die in Wahrheit großartig waren.

Auch für jene, die die großen politischen Ereignisse nicht fassen konnten, war es offenbar, daß die Sache der Kirche wieder im Fortschreiten begriffen war. Jeder konnte sehen, daß überall neue Klöster errichtet wurden, und daß Pilgerscharen nach Italien zu strömen begannen, ganz wie in alten Zeiten. An vielen Orten sah man die alten verfallenen Kirchen restaurieren, zerstörte Mosaiken instand setzen, und die Schatzkammern der Kirchen füllten sich mit goldenen Reliquienschreinen und diamanten eingelegten Monstranzen.

Mitten in dieser Zeit des Erfolges wurde das römische Volk durch die Nachricht erschreckt, daß der Papst erkrankt sei. Er sollte sehr schlimm daran sein. Ein Gerücht behauptete sogar, er läge im Sterben. Der Zustand war auch in hohem Grade ernst. Die Ärzte des Papstes gaben Bulletins aus, die kaum irgend welche Hoffnung ließen. Es wurde hervorgehoben, daß das hohe Alter des Papstes – er war damals schon achtzig Jahre – es beinahe unmöglich mache, daß er die Krankheit überstehe.

Diese Krankheit des Papstes verursachte natürlich großes Aufsehen. In allen Kirchen Roms begann man für seine Genesung zu beten. Die Zeitungen waren voll Mitteilungen über den Krankheitsverlauf. Die Kardinäle begannen ihre Maßregeln zu treffen, um die neue Papstwahl vorzubereiten.

Überall beklagte man den bevorstehenden Hingang des glänzenden Fürsten. Man fürchtete, daß das Glück, das sich unter Leo den Dreizehnten an die Sache der Kirche geheftet hatte, ihr unter seinem Nachfolger nicht treu bleiben würde. So mancher hatte gehofft, daß es diesem Papst gelingen würde, Rom und den Kirchenstaat wieder zu gewinnen. Andre hatten wohl geträumt, er würde eines der großen protestantischen Länder in den Schoß der alleinseligmachenden Kirche zurückführen.

Mit jedem Augenblick, der verstrich, nahm die Unruhe und die Betrübnis zu. Als die Nacht kam, dachten viele gar nicht daran, zu Bett zu gehen. Die Kirchen wurden bis lange nach Mitternacht offen gehalten, damit die Betrübten die Möglichkeit hatten, einzutreten und zu beten.

Unter diesen betenden Scharen gab es sicherlich mehr als eine arme Seele, die ausrief: »Herr Gott, nimm mein Leben an Stelle des seinen. Laß ihn leben, der so viel für deine Ehre wirken kann, und lösche anstatt dessen mein Lebensflämmchen, das niemand zum Frommen brennt!«

Aber wenn der Todesengel einen dieser Betenden beim Wort genommen hätte und plötzlich mit gezücktem Schwerte vor ihn hingetreten wäre, die Erfüllung seines Gelöbnisses zu fordern, da kann man wohl denken, wie er sich betragen hätte. Sicherlich hätte er ein so übereiltes Anerbieten allsogleich zurückgenommen und um die Gnade gefleht, alle Jahre des Lebens, die ihm ursprünglich zugedacht wären, leben zu dürfen.

Um diese Zeit wohnte in einer der dunkeln Baracken am Tiberufer eine alte Frau. Sie gehörte zu jenen, die so geschaffen sind, daß sie Gott täglich für das Leben danken. Am Vormittag pflegte sie auf dem Markte zu sitzen und Gemüse zu verkaufen, und dies war eine Beschäftigung, die ihr in hohem Grade zusagte. Sie fand, daß nichts fröhlicher sein könnte als ein Markt am Morgen. Alle Zungen waren in Gang, um Waren auszubieten, und die Käufer drängten sich vor den Ständen, wählten und feilschten, während so manches gute Scherzwort zwischen ihnen und den Verkaufenden hin- und herflog. Zuweilen machte sie gute Geschäfte und verkaufte ihr ganzes Lager aus, aber auch wenn sie nicht so viel wie einen Rettig anbrachte, machte es ihr Freude, in der frischen Morgenluft unter Blumen und Grün zu stehen.

Am Abend hinwiederum hatte sie eine andre und noch größere Freude. Da kam ihr Sohn auf Besuch zu ihr nach Hause. Er war Geistlicher, aber er war an einer unbedeutenden Kirche in einem der Armenviertel angestellt. Die armen Geistlichen, die dort wirkten, hatten nicht viel zum Leben, und die Mutter fürchtete, daß ihr

Sohn Hunger leide. Aber daraus erwuchs ihr auch ihre große Freude, denn es gab ihr Anlaß, ihn mit Leckerbissen vollzupfropfen, wenn er zu ihr auf Besuch kam. Er sträubte sich, er hatte Anlagen zu einem strengen, entsagenden Leben, aber die Mutter war so verzweifelt, wenn er nein sagte, daß er immer nachgeben mußte. Während er aß, ging sie in der Stube umher und schwätzte von allem, was sich am Morgen auf dem Markte zugetragen hatte. Es waren lauter sehr weltliche Dinge, und zuweilen fiel es ihr ein, daß ihr Sohn daran Anstoß nehmen könnte. Dann unterbrach sie sich mitten in einem Satze und fing an, von geistlichen und ernsten Dingen zu reden, aber da konnte der Kaplan nicht umhin, zu lachen. »Nein, nein, Mutter Concenza,« sagte er. »Rede nur weiter, wie du es gewohnt bist. Die Heiligen kennen dich schon. Sie wissen, was du im Kopfe hast.«

Dann lachte sie ebenfalls und sagte: »Du hast wirklich recht, es lohnt sich nicht, dem lieben Gott etwas vorzumachen.«

Aber als die Krankheit des Papstes begann, kam auch auf Signora Concenza ihr Teil an der allgemeinen Betrübnis. Von selbst wäre sie sicherlich nicht auf den Gedanken verfallen, sich über seinen Hingang Sorgen zu machen, aber als der Sohn zu ihr kam, war er nicht zu bewegen, einen Bissen zu kosten oder ihr ein Lächeln zu schenken, obgleich sie ganz vollgepfropft mit Einfällen und Geschichten war. Da erschrak sie natürlich und fragte, was es denn gäbe. »Der Heilige Vater ist krank geworden,« antwortete der Sohn.

Zuerst konnte sie kaum glauben, daß dies der einzige Grund seiner Verstimmung sei. Natürlich war es traurig, aber sie wußte ja, wenn ein Papst starb, kam sogleich ein andrer. Sie erinnerte ihren Sohn daran, daß sie auch den guten Pio Nono betrauert hätten. Und sieh da, dieser, der nach ihm kam, sei ein noch größerer Papst gewesen. Sicherlich würde es den Kardinälen gelingen, ihnen einen ebenso heiligen und weisen Herrscher zu wählen.

Da begann der Sohn mit ihr vom Papste zu sprechen. Er ließ es sich nicht einfallen, sie in seine Regententätigkeit einzuweihen, aber er erzählte ihr kleine Geschichtchen aus seinen Kindheits- und Jugendjahren. Auch aus seiner Prälatenzeit gab es Dinge zu berichten, die sie verstehen und würdigen konnte, wie er seinerzeit in Süditalien Räuber verfolgte und wie er in den Jahren, als er Bischof in Perugia war, allen teuer wurde.

Ihre Augen standen voll Tränen, und sie rief: »Ach, daß er doch nicht so alt wäre, daß er doch noch viele Jahre leben könnte, da er ein so großer und heiliger Mann ist!«

»Ja, wenn er nur nicht so alt wäre,« sagte der Sohn und seufzte.

Aber Signora Concenza hatte sich schon die Tränen aus den Augen gewischt. »Du mußt dies wirklich mit Ruhe tragen,« sagte sie. »Bedenke doch, daß seine Lebenszeit ganz sicher abgelaufen ist. Es ist unmöglich, den Tod zu hindern, ihn zu ergreifen.«

Aber der Kaplan war ein Schwärmer. Er liebte die Kirche, und er hatte geträumt, daß der große Papst sie zu wichtigen, entscheidenden Siegen führen würde.

»Ich wollte gerne mein Leben hingeben, wenn ich ihm dadurch neues Leben erkaufen könnte,« sagte er.

»Was sagst du da!« rief die Mutter. »Liebst du ihn wirklich so sehr? Aber du darfst keinesfalls so gefährliche Wünsche aussprechen. Du mußt im Gegenteil darauf bedacht sein, recht lange zu leben. Wer weiß, was noch geschehen kann? Warum solltest du nicht auch einmal Papst werden können?«

Eine Nacht und ein Tag verstrich, ohne daß der Zustand des Papstes sich besserte. Als Signora Concenza am nächsten Tage den Sohn traf, sah er ganz verstört aus. Sie begriff, daß er den ganzen Tag bei Fasten und Gebet verbracht hatte, und sie begann ärgerlich zu werden.

»Ich glaube wirklich, du willst dich wegen dieses alten kranken Mannes umbringen,« sagte sie.

Den Sohn quälte es, sie nun wieder ohne Mitgefühl zu sehen, und er versuchte sie zu bewegen, ein wenig an seinem Schmerze teilzunehmen.

»Du solltest wirklich mehr als irgend ein andrer wünschen, daß der Papst am Leben bleibe,« sagte er. »Wenn er zu regieren fortfährt, wird er, ehe ein Jahr vergeht, meinen Pfarrer zum Bischof ernennen, und in diesem Falle ist mein Glück gemacht. Er wird mir dann eine gute Anstellung an einer Domkirche geben. Du wirst mich dann nicht mehr in fadenscheiniger Soutane herumgehen sehen. Ich werde reichlich Geld haben und dir und allen deinen armen Nachbarn helfen können.«

»Aber wenn nun der Papst stirbt,« fragte Signora Concenza atemlos.

»Wenn der Papst stirbt, dann kann niemand etwas wissen. Wenn mein Pfarrer dann nicht gerade bei seinem Nachfolger in Gunst steht, müssen wir beide noch viele Jahre da bleiben, wo wir sind.«

Signora Concenza stellte sich vor den Sohn und betrachtete ihn bekümmert. Sie sah seine Stirn an, die voll Runzeln war, und sein Haar, das zu ergrauen begonnen hatte. Er sah müde und abgezehrt aus. Es war wirklich notwendig, daß er sobald als nur möglich diese Stelle an der Domkirche bekam.

Heute nacht werde ich in die Kirche gehen und für den Papst beten, dachte sie. Er darf nicht sterben.

Nach dem Abendbrot überwand sie tapfer ihre Müdigkeit und begab sich auf die Straße. Große Menschenscharen strömten da vorbei. Viele waren nur Neugierige, die ausgingen, um mit dabei zu sein, die erste Nachricht des Todesfalls aufzufangen, aber viele waren Betrübte, die von Kirche zu Kirche wanderten, um zu beten.

Kaum war jedoch Signora Concenza auf die Straße gekommen, als sie eine ihrer Töchter traf, die mit einem Lithographen verheiratet war. »Ach Mutter, wie recht tust du daran, daß du ausgehst und für ihn betest,« sagte die Tochter. »Du kannst dir nicht vorstellen, was für ein Unglück es wäre, wenn er stürbe. Mein Fabiano war nahe daran, sich das Leben zu nehmen, als er erfuhr, daß der Papst erkrankt sei.«

Sie erzählte, daß ihr Mann, der Lithograph, gerade jetzt hunderttausend Papstbilder habe drucken lassen. Wenn nun der Papst stürbe, würde er nicht die Hälfte davon verkaufen, ja nicht einmal den vierten Teil. Er würde ruiniert sein. Ihr ganzes Vermögen stünde auf dem Spiel.

Sie eilte weiter, um Neuigkeiten zu hören, mit denen sie ihren armen Mann trösten konnte, der nicht auszugehen wagte, sondern daheim saß und über sein Unglück brütete. Aber ihre Mutter blieb auf der Straße stehen und murmelte in sich hinein: »Es geht nicht, daß er stirbt. Es geht wirklich nicht, daß er stirbt.«

Sie trat in die erste Kirche ein, die sie sah. Sie kniete nieder und betete für das Leben des Papstes.

Als sie sich wieder erhob, um fortzugehen, fiel ihr Blick auf ein kleines Votivbild, das gerade über ihrem Kopfe an der Wand hing. Es stellte den Tod vor, der ein furchtbares zweischneidiges Schwert ausstreckte, um ein junges Mädchen niederzumetzeln, während ihre alte Mutter sich ihm in den Weg stellte und vergebens den Streich an Stelle des Kindes aufzufangen suchte.

Sie stand lange nachdenklich vor dem Bilde. »Meister Tod ist ein gar genauer Rechenmeister,« sagte sie, »man hat nie gehört, daß er darauf eingegangen wäre, ein junges Leben für ein altes freizugeben. Vielleicht wäre er doch weniger unerbittlich, wenn man ihm vorschlüge, ein altes für ein junges herzugeben.«

Sie entsann sich der Worte des Sohnes, daß er an Stelle des Papstes sterben wollte, und ein Schauer durchfuhr sie. Man denke, wenn der Tod ihn beim Worte nahm.

»Nein, nein, Meister Tod,« flüsterte sie. »Du darfst ihm nicht glauben. Du begreifst wohl, daß er nicht meinte, was er sagte. Er will leben. Er will nicht von seiner alten Mutter fortgehen, die ihn liebt.«

Zum ersten Male durchzuckte sie nun der Gedanke, daß, wenn sich jemand für den Papst opfern sollte, es doch besser wäre, sie täte es, sie, die schon alt war und das Leben gelebt hatte.

Als sie die Kirche verließ, traf sie mit einigen Nonnen von sehr ehrwürdigem Aussehen zusammen, die im nördlichen Teile des Landes daheim waren. »Wir haben wirklich Hilfe sehr nötig,« sagten sie zu der alten Concenza. »Unser Kloster war so alt und baufällig, daß der böse Sturm im vorigen Winter es umwehte. Was ist das doch für ein Unglück, daß der Papst krank ist. Wir können ihm ja unsere Kümmernisse nicht vorbringen. Wenn er sterben sollte, müssen wir unverrichteter Dinge heimfahren. Sein Nachfolger wird ja lange Jahre hindurch an andre Dinge zu denken haben, als armen Nonnen beizustehen.

Alle, die auf der Straße waren, waren von denselben Gedanken erfüllt. Es war sehr leicht, mit wem man wollte, ins Gespräch zu kommen. Ein jeder war froh, seinen Sorgen Worte leihen zu können. Und alle, denen Mutter Concenza sich näherte, ließen sie hören, daß der Tod des Papstes für sie ein furchtbares Unglück wäre.

Und die alte Frau wiederholte ein Mal ums andre für sich selbst: »Es ist wahr, mein Sohn hat recht. Es geht wirklich nicht an, daß der Papst stirbt.«

Eine Krankenpflegerin stand mitten in einer Schar von Menschen und sprach sehr laut. Sie war so erregt, daß die Tränen ihr über die Wangen liefen. Sie erzählte, daß sie vor fünf Jahren den Befehl erhalten hätte, fortzureisen und an einem Aussätzigenspital zu dienen, das auf einer fernen Insel, weit weg auf der andern Seite des Erdballs lag. Sie hätte natürlich gehorchen müssen, aber es wäre widerstrebend geschehen. Sie hätte furchtbare Angst vor dem Auftrage gehabt. Aber bevor sie fortfuhr, wäre sie vom Papste empfangen worden, er hätte ihr einen besonderen Segen erteilt, und er hätte bestimmt versprochen, sie wieder vorzulassen, wenn sie zurückkäme. Und davon hätte sie die fünf Jahre, die sie fortgewesen sei, gelebt, nur von der Hoffnung, ihn noch einmal zu sehen. Das hätte ihr geholfen, all das Entsetzliche zu überstehen. Und jetzt, wo sie endlich heimkommen durfte, würde sie mit der Nachricht begrüßt, daß er auf dem Totenbette liege. Sie dürfte ihn also nicht einmal erblicken.

Sie war ganz verzweifelt, und die alte Concenza war sehr gerührt. Es würde wirklich ein allzu großer Schmerz für alle Menschen sein, wenn der Papst stürbe, dachte sie, während sie weiter durch die Straße wanderte.

Als sie sah, daß viele Menschen ganz verweint aussahen, dachte sie mit großem Wohlgefühl, welches Glück es sein müßte, aller Freude zu sehen, wenn der Papst wiederhergestellt wäre. Und da sie, wie viele Menschen von fröhlicher Gemütsart, eigentlich nicht mehr Angst vor dem Sterben als vor dem Leben hatte, sagte sie zu sich selbst:

»Wenn ich nur wüßte, wie es zugehen sollte, wollte ich gerne dem Heiligen Vater die Jahre schenken, die ich noch zu leben habe, da es wahrscheinlich ist, daß seine eigenen abgelaufen sind.«

Sie sagte dies halb im Scherz, aber es lag auch Ernst hinter den Worten. Sie wünschte wirklich, so etwas vollbringen zu können. Eine alte Frau kann sich keinen schöneren Tod wünschen, dachte sie. Ich würde sowohl meinem Sohn wie meiner Tochter helfen und überdies eine große Menge Menschen glücklich machen.

Während gerade solche Gedanken sich in ihr regten, hob sie die gefütterte Decke, die vor dem Eingang einer kleinen dunklen Kirche hing. Es war eine von den uralten Kirchen, eine von jenen, die allmählich in die Erde zu sinken scheinen, weil der Stadtgrund um sie herum sich im Laufe der Jahre gehoben hat. Diese Kirche hatte in ihrem Inneren etwas von altertümlicher Unheimlichkeit bewahrt, das von den düsteren Zeiten herstammen mußte, in denen sie entstanden war. Man wurde unwillkürlich von einem Schauer geschüttelt, wenn man unter diese niedrigen Wölbungen trat, die auf unermeßlich dicken Säulen ruhten, und die barbarisch bemalten Heiligenbilder sah, die von Wänden und Altären herniederblickten.

Als Singnora Concenza in diese alte Kirche trat, die ganz von Betenden erfüllt war, wurde sie von mystischem Schrecken und Ehrfurcht ergriffen. Sie fühlte, daß in diesem Raume eine Gottheit wohnte. Unter den schweren Wölbungen schwebte etwas unendlich Mächtiges und Geheimnisvolles, etwas, das ein so vernichtendes Gefühl der Übermacht einflößte, daß sie sich fürchtete, dort zu verweilen. »Ach, dies ist keine Kirche, in die man geht, um eine Messe zu hören oder zu beichten,« sagte Signora Concenza zu sich selbst. »Hierher geht man, wenn man in großer Not ist, wenn einem nicht anders zu helfen ist als durch ein Wunder.«

Sie blieb zögernd an der Tür stehen und atmete diese seltsame Luft voll Geheimnis und Grauen ein.

»Ich weiß nicht einmal, wem diese alte Kirche geweiht ist,« murmelte sie, »aber ich fühle, daß hier wirklich jemand ist, der unsere Gebete hört.«

Sie sank neben den Knieenden nieder, die so zahlreich waren, daß sie den Boden vom Altare bis hinauf zum Eingang bedeckten. Während sie selbst betete, hörte sie ihre Nachbarn seufzen und schluchzen. All dieser Kummer drang ihr ins Herz und erfüllte es mit immer größerem Mitleid. »Ach, mein Gott, laß mich etwas tun, um den alten Mann zu retten,« betete sie. »Ich würde ja fürs erste meinen Kindern und dann allen andern Menschen helfen.«

Zuweilen huschte ein kleiner magerer Mönch zu den Betenden und flüsterte ihnen etwas ins Ohr. Und der, zu dem er gesprochen hatte, erhob sich sogleich und folgte ihm in die Sakristei.

Signora Concenza begriff sofort, um was es sich handelte. Das sind jene, welche Gelöbnisse für die Genesung des Papstes ablegen, dachte sie.

Als der kleine Mönch das nächste Mal kam und seine Runde machte, erhob sie sich und folgte ihm. Das war eine ganz unwillkürliche Handlung. Es däuchte sie, daß sie von der Macht, die in der alten Kirche herrschte, dazu getrieben würde.

Als sie in die Sakristei kam, die noch altertümlicher und geheimnisvoller zu sein schien als die Kirche selbst, wurde sie sogleich von Reue erfaßt. »Mein Gott, was habe ich hier zu tun?« fragte sie sich. »Was habe ich hinzugeben? Ich besitze ja nichts andres als ein paar Fuhren Gemüse. Ich kann dem Heiligen doch nicht ein paar Körbe Artischocken schenken.«

Der einen Seite des Raumes entlang lief ein langer Tisch, und an diesem stand ein Geistlicher und trug alles, was den Heiligen versprochen wurde, in ein Register ein. Concenza hörte, wie einige versprachen, der alten Kirche eine Geldsumme zu schenken, während ein andrer seine Golduhr und eine dritte ihre Perlohrgehänge hingeben wollte.

Concenza stand noch immer still an der Tür. Ihre letzten armen Groschen hatte sie ausgegeben, um dem Sohne ein paar Leckerbissen zu beschaffen. Sie hörte, wie einige, die nicht reicher zu sein schienen als sie, Wachskerzen und Silberherzen kauften. Sie stand da und drehte ihre Rocktasche aus und ein. Sie konnte nicht einmal so viel aufbringen.

So stand sie lange da und wartete, bis sie schließlich die einzige Fremde in der Sakristei war. Die Geistlichen, die dort umhergingen, sahen sie ein wenig erstaunt an. Da machte sie ein paar Schritte vorwärts, sie schien zuerst unsicher und befangen, aber nach den ersten Schritten wanderte sie leicht und rasch zu dem Tische hin.

»Hochwürden,« sagte sie zu dem Geistlichen. »Schreiben Sie, daß Concenza Zamponi, die voriges Jahr am Tage Johannes des Täufers sechzig Jahre alt wurde, alle ihre übrigen Jahre dem Papste gibt, damit sein Lebensfaden verlängert werde.«

Der Geistliche hatte schon zu schreiben begonnen. Er war sicherlich sehr müde davon, daß er die ganze Nacht dies Register geführt hatte, und dachte nicht weiter daran, was es für Dinge waren, die er aufzeichnete. Aber nun brach er mitten im Satze ab und sah fragend zu Signora Concenza auf. Sie begegnete seinem Blicke sehr ruhig.

»Ich bin stark und gesund, Hochwürden,« sagte sie. »Ich könnte schon meine siebzig erleben. Es sind mindestens zehn Jahre, die ich dem Heiligen Vater schenke.«

Der Geistliche sah ihren Eifer und ihre Andacht, und er erhob keine Einwendungen. »Es ist eine Arme,« dachte er. »Sie hat nichts andres zu geben.«

»Es ist geschrieben, meine Tochter,« sagte er.

Als die alte Concenza wieder ins Freie kam, war es so spät, daß alles Straßenleben aufgehört hatte und die Gasse ganz öde dalag. Sie befand sich in einem entlegenen Stadtteil, wo die Gaslaternen so spärlich standen, daß es fast ganz dunkel war. Sie schritt doch rüstig aus. Sie fühlte eine große Weihe in sich und war gewiß, daß sie nun etwas getan hatte, was viele Menschen glücklich machen würde.

Wie sie so über die Straße ging, hatte sie mit einem Male die Empfindung, daß ein lebendes Wesen über ihrem Kopfe schwebte.

Sie blieb stehen und sah auf. Im Dunkel zwischen den großen Häusern vermeinte sie ein paar große Flügel zu unterscheiden, und sie glaubte auch das Rauschen der Fittiche zu hören.

»Was ist das?« sagte sie. »Es kann doch kein Vogel sein, es ist gar zu groß.«

Gleich darauf glaubte sie ein Antlitz zu gewahren, das so weiß war, daß es die Dunkelheit durchleuchtete. Da packte sie unsägliches Grauen. »Das ist der Todesengel, der über mir schwebt,« dachte sie. »Ach was habe ich getan! Ich habe mich in die Gewalt des Entsetzlichen gegeben.«

Sie begann zu laufen, aber sie hörte noch immer das Rauschen der mächtigen Flügel, und sie war überzeugt, daß der Tod ihr nacheilte.

So ging es durch ein paar Straßen. Es däuchte sie, daß der Tod ihr immer näher käme. Schon fühlte sie seine Flügel an ihre Schultern schlagen.

Plötzlich spürte sie, wie etwas Schweres und Scharfes ihren Kopf traf. Das zweischneidige Schwert des Todes hatte sie endlich erreicht. Sie sank in die Kniee. Sie fühlte, daß sie ihr Leben lassen mußte.

Einige Stunden später wurde die alte Concenza von ein paar Arbeitern auf der Straße gefunden. Sie lag ohnmächtig da, von einem Schlaganfall getroffen. Die arme Frau wurde sogleich in ein Krankenhaus gebracht, und es gelang, sie zu Bewußtsein zu bringen, aber es war offenbar, daß sie nicht mehr lange Zeit zu leben hatte.

Man konnte doch noch ihre Kinder holen lassen. Als sie voll Betrübnis an ihr Krankenlager traten, fanden sie sie sehr ruhig und glücklich. Sie konnte nicht viele Worte sprechen, aber sie lag da und streichelte ihnen die Hände.

»Ihr sollt froh sein,« sagte sie, »froh, froh.«

Es war ihr sichtlich nicht recht, daß sie weinten. Sie bat auch die Krankenpflegerinnen, sie möchten doch lächeln und Freude zeigen. »Froh und glücklich,« sagte sie, »nun müßt ihr alle froh und glücklich sein.«

Sie lag mit hungernden Augen da und wartete darauf, ein bißchen Freude zu sehen.

Nach einer Weile wurde sie ungeduldig über die Tränen ihrer Kinder und über die ernsten Mienen der Krankenpflegerinnen. Sie begann Dinge zu sagen, die niemand verstehen konnte. Sie sagte, wenn sie nicht froh wären, dann hätte sie ebensogut noch weiter leben können. Die, welche sie hörten, glaubten, sie phantasiere.

Plötzlich öffnete sich die Tür, und ein junger Doktor trat in den Krankensaal. Er schwenkte eine Zeitung in der Hand und rief mit lauter Stimme: »Dem Papst geht es besser. Er wird am Leben bleiben. Heute nacht ist eine Wendung eingetreten.«

Die Krankenpflegerinnen bedeuteten ihm, zu schweigen, damit er die Sterbende nicht störe, allein diese hatte ihn schon gehört.

Sie hatte auch gesehen, wie ein Aufzucken der Freude, ein Schimmer von Glück, der sich nicht verbergen ließ, die durchfuhr, die um ihr Bett standen. Da verschwand die Ungeduld von ihrem Antlitz. Sie lächelte zufrieden. Sie gab ein Zeichen, daß man sie im Bette aufsetzen möge; da saß sie nun und sah sich mit etwas Fernschauendem im Blick um. Es war, als blickte sie hinaus über Rom, wo nun die Menschen über die Straßen strömten und einander mit der frohen Kunde grüßten.

Sie hob den Kopf, so hoch sie konnte. »Das war ich,« sagte sie. »Ich bin sehr glücklich. Gott hat mich sterben lassen, damit er leben kann. Es liegt mir nichts daran, zu sterben, da ich alle Menschen glücklich gemacht habe.«

Sie legte sich wieder zurück, und in einigen Augenblicken war sie tot.

+++

In Rom erzählt man, daß der Heilige Vater sich nach seiner Genesung eines Tages daran ergötzte, die Aufzeichnungen der Kirchen über die frommen Gelöbnisse durchzusehen, die für seine Genesung gemacht worden waren.

Er las lächelnd die langen Reihen kleiner Gaben, bis er zu der Aufzeichnung kam, daß Concenza Zamponi ihm ihre übrigen Lebensjahre geschenkt hatte. Da wurde er mit einem Male sehr ernst und gedankenvoll.

Er ließ sich nach Concenza Zamponi erkundigen, und er erfuhr, daß sie in derselben Nacht, in der er genesen war, gestorben war. Er ließ auch ihren Sohn Domenico zu sich rufen und fragte ihn nach ihren letzten Augenblicken.

»Mein Sohn,« sagte der Papst zu ihm, als er alles erfahren hatte, »deine Mutter hat mir nicht das Leben gerettet, wie sie in ihrer letzten Stunde glaubte, aber ich bin sehr gerührt über ihre Liebe und Opferwilligkeit.«

Er ließ Domenico seine Hand küssen, worauf er ihn verabschiedete.

Aber die Römer versichern, wenn auch der Papst nicht zugestehen wolle, daß seine Lebenstage durch die Gabe der armen Frau verlängert worden seien, so sei er doch davon überzeugt. »Warum hätte wohl sonst Vater Zamponi so rasch Karriere gemacht?« fragten die Römer. »Er sei ja schon Bischof, und man flüsterte, daß er bald Kardinal werden würde«.

Und in Rom konnte man auch später nur schwer glauben, daß der Papst sterben würde, auch als er sehr krank war. Niemand konnte berechnen, wann sein Lebenslauf sich erfüllt hatte. Es hing ja alles davon ab, wie viele Jahre die arme Concenza ihm geschenkt hatte.

Im Gerichtssaal

Es ist in einem Gerichtssaal weit draußen auf dem Lande. Am Richtertisch, hoch oben im Saal, sitzt der Richter, ein großer, stark gebauter Mann mit breitem, grobgeschnittenem Gesicht. Schon mehrere Stunden lang hat er einen Fall nach dem andern entschieden, und schließlich ist etwas wie Überdruß und Düsterkeit über ihn gekommen. Es ist schwer zu sagen, ob es die Hitze und Schwüle im Gerichtssaal ist, die ihn quält, oder ob er schlechter Laune geworden ist, durch die Beschäftigung mit allen diesen kleinlichen Zwistigkeiten, die aus keinem andern Grunde entstanden zu sein scheinen, als um die Streitlust und Unbarmherzigkeit und Gewinnsucht der Menschen zu zeigen.

Er hat gerade mit einer der letzten Verhandlungen begonnen, die an diesem Tage geführt werden sollen. Es handelt sich um die Forderung eines Erziehungsbeitrages.

Dieser Fall ist schon am vorigen Gerichtstag verhandelt worden, und das Protokoll des früheren Prozesses wird eben verlesen. Daraus erfährt man fürs erste, daß die Klägerin eine arme Dienstmagd ist und der Beklagte ein verheirateter Mann.

Weiter geht aus dem Protokoll hervor, daß der Beklagte erklärt hat, daß die Klägerin ihn mit Unrecht und nur aus Gewinnsucht hierher zitiert habe. Er gibt zu, daß die Klägerin eine Zeitlang auf seinem Hof in Dienst gestanden sei, aber er habe sich während dieser Zeit in keinerlei Liebeshandel mit ihr eingelassen, und sie habe kein Recht, irgendwelche Unterstützung von ihm zu begehren. Die Klägerin hat jedoch an ihrer Behauptung festgehalten, und nachdem man einige Zeugen vernommen hat, ist dem Beklagten aufgetragen worden, einen Schwur zu leisten, wenn er nicht verurteilt werden soll, der Klägerin die verlangte Unterstützung zu geben.

Beide Parteien haben sich eingefunden und stehen nebeneinander vor dem Gerichtstisch. Die Klägerin ist sehr jung und sieht ganz verschüchtert aus. Sie weint vor Scham und trocknet mühsam die

Tränen mit einem zusammengeknüllten Taschentuch, und es scheint, als könne sie es nicht auseinanderfalten. Sie trägt schwarze Kleider, die ziemlich neu und ungetragen aussehen, aber sie sitzen so schlecht, daß man versucht ist, zu glauben, sie habe sie sich ausgeliehen, um anständig vor Gericht erscheinen zu können.

Was den Beklagten betrifft, so sieht man ihm gleich an, daß er ein wohlbestellter Mann ist. Er mag etwa vierzig Jahre alt sein und hat ein keckes und frisches Aussehen. Wie er da vor dem Richterstuhl steht, zeigt er eine sehr gute Haltung. Es sieht ja nicht aus, als fände er ein besonderes Vergnügen daran, da zu stehen, aber er macht auch durchaus keinen befangenen Eindruck.

Sobald das Protokoll verlesen ist, wendet sich der Richter an den Beklagten und fragt ihn, ob er an seinem Leugnen festhalte und ob er bereit sei, den Eid abzulegen.

Auf diese Fragen antwortet der Beklagte sogleich mit einem raschen Ja. Er fängt an, in der Westentasche zu graben, und holt ein Zeugnis des Pfarrers hervor, das bestätigt, daß er die Wichtigkeit und Bedeutung des Eides kennt und unbehindert ist, ihn abzulegen.

Während dieser ganzen Zeit hat die Klägerin nicht aufgehört, zu weinen. Sie scheint unüberwindlich scheu zu sein und hält die Augen hartnäckig zu Boden geschlagen. Sie hat den Blick noch nicht so weit erhoben, daß sie dem Beklagten ins Gesicht sehen konnte.

Als er nun sein Ja sagt, zuckt sie zusammen. Sie tritt ein paar Schritte näher an den Richterstuhl heran, so, als hätte sie etwas einzuwenden, aber dann bleibt sie stehen. Es ist wohl nicht möglich, scheint sie zu sich selbst zu sagen, er kann nicht ja gesagt haben. Ich habe nicht recht gehört.

Indessen nimmt der Richter das Zeugnis in die Hand und gibt zu gleicher Zeit dem Gerichtsdiener einen Wink. Der Gerichtsdiener tritt an den Tisch heran, um die Bibel zu nehmen und sie vor den Beklagten hinzulegen.

Die Klägerin hört, daß jemand an ihr vorbeigeht und wird unruhig. Sie zwingt sich, den Blick so weit zu heben, daß sie über den Tisch hinsehen kann, und da gewahrt sie, daß der Gerichtsdiener die Bibel zurechtschiebt.

Noch einmal sieht es aus, als wollte sie einen Einwand machen. Aber sie hält sich wieder zurück. Es ist ja nicht möglich, daß er den Eid ablegt. Der Richter muß ihn doch daran hindern.

Der Richter ist ein so kluger Mann, und er weiß gar wohl, was die Leute in seiner Heimat denken und fühlen. Er müsse doch wissen, wie streng alle die Menschen sind, sobald es sich um etwas handelt, was die Ehe betrifft. Sie kannten keine ärgere Sünde, als die, die sie begangen hat. Würde sie je so etwas von sich selbst gestanden haben, wenn es nicht wahr gewesen wäre? Der Richter könnte wohl wissen, welche furchtbare Verachtung sie sich zugezogen hatte. Und nicht nur Verachtung allein, sondern auch alles mögliche Elend. Niemand wollte sie in Dienst nehmen. Niemand wollte ihre Arbeit haben. Ihre eigenen Eltern duldeten sie kaum in ihrer Hütte, sondern sprachen jeden Tag davon, sie hinauszuwerfen. Nein, der Richter müsse wohl begreifen, daß sie keine Unterstützung von einem verheirateten Mann verlangt haben würde, wenn sie nicht ein Recht darauf hätte.

Der Richter könnte doch nicht glauben, daß sie in einer solchen Sache lüge, daß sie so furchtbares Unglück auf sich herabbeschworen hätte, wenn sie einen andern hätte anklagen können als einen verheirateten Mann. Und wenn er dies wußte, so müsse er doch den Eid verhindern.

Sie sieht, daß der Richter dasitzt und das Zeugnis des Pfarrers ein paarmal durchliest. Darum fängt sie an zu glauben, daß er eingreifen wird.

Es ist auch richtig, daß der Richter nachdenklich aussieht. Er heftet seine Blicke ein paarmal auf die Klägerin, aber dabei wird der Ausdruck des Ekels und des Überdrusses, der auf seinem Gesicht ruht, immer deutlicher. Es sieht aus, als wäre er ungünstig gegen sie gestimmt. Selbst wenn die Klägerin die Wahrheit spricht, so ist sie ja doch eine schlechte Person, und der Richter kann kein Interesse für sie empfinden.

Es kommt manchmal vor, daß der Richter in einen Prozeß eingreift, als ein guter und kluger Ratgeber, und die Parteien davor behütet, sich ganz und gar zugrunde zu richten. Aber diesmal ist er müde und überdrüssig, und er denkt an nichts andres, als dem gesetzlichen Verfahren seinen Lauf zu lassen.

Er legt das Zeugnis hin und sagt dem Beklagten mit ein paar Worten, er hoffe, daß dieser die verhängnisvollen Folgen eines falschen Schwures genau bedacht habe. Der Beklagte hört ihn mit derselben Ruhe an, die er die ganze Zeit über an den Tag gelegt hat, und antwortet respektvoll und nicht ohne Würde.

Die Klägerin hört dies mit dem äußersten Schrecken. Sie macht ein paar heftige Bewegungen und preßt die Hände zusammen. Nun will sie vor dem Richterstuhl sprechen. Sie kämpft einen furchtbaren Kampf mit ihrer Scheu und mit dem Schluchzen, das ihr die Kehle zusammenschnürt. Das Ende ist doch, daß sie kein hörbares Wort hervorbringen kann.

Der Eid soll also geleistet werden. Er wird ihn ablegen. Niemand wird ihn hindern, seine Seele zu verschwören.

Bis dahin hat sie nicht glauben können, daß es geschehen würde. Aber jetzt packt sie die Gewißheit, daß es unmittelbar bevorsteht, daß es im nächsten Augenblick eintreten wird. Ein Schrecken, der viel überwältigender ist als alles, was sie bisher gekannt hat, bemächtigt sich ihrer. Sie wird ganz versteinert, sie weint nicht einmal mehr. Die Augen stehen ihr im Kopfe still.

Es ist also seine Absicht, die ewige Verdammnis auf sich herabzubeschwören.

Sie versteht wohl, daß er sich um seines Weibes willen freischwören will. Aber wenn er auch einen schweren Stand mit ihr haben sollte, so darf er doch deshalb nicht seiner Seele Seligkeit preisgeben.

Es gab nichts Furchtbareres als einen Meineid. Es war etwas Geheimnisvolles und Gräßliches um diese Sünde. Es gab keine Gnade oder Vergebung für sie. Die Tore des Abgrundes öffneten sich von selbst, wenn der Name des Meineidigen genannt wurde.

Wenn sie jetzt die Blicke zu seinem Gesicht erhoben hätte, würde sie gefürchtet haben, es schon mit irgendeinem Zeichen der Verdammnis gestempelt zu sehen, von Gottes Zorn ihm aufgeprägt.

Während sie so dasteht und immer größere Angst sich ihrer bemächtigt, hat der Richter dem Beklagten gezeigt, wie er die Finger auf die Bibel zu legen hat. Dann schlägt der Richter im Gesetzbuch nach, um die Eidesformel zu finden.

Als sie ihn die Finger auf das Buch legen sieht, macht sie noch einen Schritt zum Richterstuhl hin, und es sieht aus, als wollte sie sich über den Tisch beugen und seine Hand fortziehen.

Aber noch wird sie von einer letzten Hoffnung zurückgehalten. Sie glaubt, daß er jetzt im letzten Augenblick noch davon abstehen wird.

Der Richter hat die Seite im Gesetzbuch gefunden, nach der er gesucht hat; und jetzt beginnt er, den Eid laut und deutlich vorzusagen. Dann macht er eine Pause, damit der Beklagte seine Worte nachsprechen kann. Und der Beklagte fängt wirklich an, sie nachzusprechen, aber er macht einen kleinen Fehler, so daß der Richter von vorn anfangen muß.

Jetzt kann sie keinen Schimmer von Hoffnung mehr haben. Jetzt weiß sie, daß er falsch schwören, daß er Gottes Zorn für das ganze zukünftige Leben auf sich herabschwören will.

Sie steht da und ringt die Hände in ihrer Hilflosigkeit. Und es ist alles ihre Schuld, weil sie ihn angeklagt hat.

Aber sie war ja ohne Arbeit, sie hungerte und fror. Das Kind lag im Sterben. An wen hätte sie sich sonst wenden sollen, um Hilfe zu finden?

Nie hätte sie auch geglaubt, daß er eine so schreckliche Sünde würde begehen können.

Jetzt hat der Richter den Eid abermals vorgesagt. In einigen Augenblicken wird die Tat vollbracht sein. Jene Tat, von der es keine Umkehr gibt, die niemals gutgemacht, niemals ausgelöscht werden kann.

Gerade als der Beklagte anfängt, den Eid nachzusagen, stürzt sie vor, schleudert seine ausgestreckte Hand beiseite und reißt die Bibel an sich. Ein furchtbares Entsetzen hat ihr endlich den Mut gegeben. Er darf seine Seele nicht verschwören. Er darf nicht.

Der Gerichtsdiener eilt sogleich herbei, um ihr die Bibel abzunehmen und sie zur Ordnung zurückzurufen. Sie hat ungeheure Angst vor allem, was mit dem Gericht zusammenhängt, und sie glaubt, daß das, was sie jetzt getan hat, sie auf die Festung bringen wird. Aber sie gibt die Bibel nicht her. Was es auch kosten mag, er darf den Eid nicht ablegen. Er, der schwören will, läuft auch herbei, um das Buch zu ergreifen, aber sie leistet auch ihm Widerstand.

»Du darfst den Eid nicht ablegen!« ruft sie. »Du darfst nicht!«

Was jetzt vorgeht, erweckt natürlich das größte Staunen. Die Versammelten drängen sich zum Richtertisch, die Geschwornen erheben sich, der Protokollführer springt auf, mit dem Tintenfaß in der Hand, damit es nicht umgestürzt würde.

Da ruft der Richter mit lauter, zorniger Stimme: »Still!« und alle die Menschen bleiben regungslos stehen.

»Was fällt dir bei? Was hast du mit der Bibel zu schaffen?« fragt der Richter die Klägerin mit harter und strenger Stimme.

Nachdem sie ihrer Angst in einer Tat der Verzweiflung Luft gemacht hat, ist ihre Beklemmung gewichen, so daß sie antworten kann: »Er darf den Eid nicht ablegen!«

»Sei still und gib das Buch zurück!« ruft der Richter.

Aber sie gehorcht nicht, sondern umklammert das Buch mit beiden Händen.

»Er darf den Eid nicht ablegen!« ruft sie mit ungezügelter Heftigkeit.

»Ist es dir so sehr darum zu tun, den Prozeß zu gewinnen?« fragt der Richter mit immer schärferer Stimme.

»Ich will die Klage zurückziehen!« ruft sie mit lauter, schneidender Stimme. »Ich will ihn nicht zwingen, zu schwören!«

»Was schreist du da?« fragt der Richter. »Hast du den Verstand verloren?«

Sie ringt heftig nach Atem und versucht sich zu beruhigen. Sie hört selbst, wie sie schreit. Der Richter muß wohl glauben, daß sie toll geworden ist, weil sie das, was sie will, nicht in ruhigen Worten sagen kann. Noch einmal kämpft sie mit sich selbst, um Macht über die Stimme zu erlangen, und diesmal gelingt es ihr. Sie sagt langsam, ernst, laut, während sie dem Richter gerade ins Gesicht sieht:

»Ich will die Klage zurückziehen. Er ist der Vater des Kindes. Aber ich habe ihn noch lieb. Ich will nicht, daß er falsch schwört!«

Sie steht aufrecht und entschlossen vor dem Richtertisch und sieht dem Richter gerade in sein strenges Gesicht. Er sitzt da, beide Hände auf den Tisch gestützt, und lange, lange wendet er den Blick nicht von ihr. Während der Richter sie betrachtet, geht eine große Veränderung mit ihm vor. All das Schlaffe und Mißvergnügte, das in seinen Zügen lag, verschwindet, und das große, grobe Gesicht wird durch die Rührung geradezu schön. Sieh da, denkt der Richter, sieh da, so ist mein Volk. Ich will mich nicht darüber beklagen, wo doch bei einer der Geringsten so viel Liebe und Gottesfurcht zu finden ist.

Plötzlich aber spürt der Richter, daß seine Augen sich mit Tränen füllen, und da zuckt er beinahe beschämt zusammen und wirft einen raschen Blick um sich. Da sieht er, daß die Schreiber und Gerichtsdiener und die ganze lange Reihe der Beisitzer sich vorgebeugt haben, um das Mädchen anzusehen, das vor dem Richtertisch steht, die Bibel an sich gedrückt. Und er sieht einen Schimmer auf ihren Gesichtern, so als hätten sie etwas richtig Schönes gesehen, das sie bis in das tiefste Herz erfreut hat.

Hierauf sieht der Richter auch über das versammelte Volk hin, und es ist ihm, als säßen alle diese Menschen stumm und atemlos da, als hätten sie gerade jetzt das gehört, wonach sie sich am meisten gesehnt.

Zu allerletzt sieht der Richter den Beklagten an. Jetzt ist er es, der mit gesenktem Kopf dasteht und zu Boden blickt.

Der Richter wendet sich abermals an das arme Mädchen. »Es soll so sein, wie du es haben willst,« sagt er. »Die Klage wird zurückgezogen,« diktiert er dem Protokollführer.

Der Beklagte macht eine Bewegung, als wollte er einen Einwand vorbringen. »Was denn? Was denn?« schreit ihn der Richter an. »Hast du vielleicht etwas dagegen?« Der Beklagte läßt den Kopf noch tiefer sinken und sagt kaum hörbar: »Ach nein, es ist wohl am besten so.«

Der Richter sitzt noch einen Augenblick still, dann schiebt er den schweren Stuhl zurück, erhebt sich und geht rings um den Tisch zur Klägerin hin.

»Ich danke dir,« sagt er und reicht ihr die Hand.

Sie hat die Bibel jetzt fortgelegt und steht da und weint und trocknet die Tränen mit dem zusammengerollten Taschentuch.

»Ich danke dir!« sagt der Richter noch einmal und ergreift ihre Hand so leicht und behutsam, als wäre sie etwas gar Feines und Kostbares.

Eine Geschichte aus Jerusalem

In der alten, ehrwürdigen Moschee El Aksa in Jerusalem befindet sich in einem Seitengang, der hinter der eigentlichen Tempelhalle weiterführt, eine sehr tiefe und breite Fensternische. In dieser Nische liegt ein alter, zerfetzter Teppich ausgebreitet, und auf dem Teppich sitzt tagaus, tagein der alte Mesullam, der Wahrsager und Traumdeuter ist und gegen ein geringes Entgelt den Besuchern der Moschee ihr zukünftiges Schicksal prophezeit.

Nun begab es sich an einem Nachmittage vor einigen Jahren, daß Mesullam, der wie gewöhnlich an seinem Fenster saß, bei so schlechter Laune war, daß er nicht einmal die Grüße der Vorübergehenden erwiderte. Niemand ließ es sich jedoch einfallen, über seine Unhöflichkeit beleidigt zu sein, denn man wußte, daß er sich über eine Demütigung grämte, die ihm an diesem Tage widerfahren war.

Jerusalem wurde nämlich um diese Zeit von einem mächtigen Fürsten aus dem Abendlande besucht, und am Vormittage hatte der hohe Fremdling mit seinem Gefolge El Aksa durchwandert. Vor seiner Ankunft hatte jedoch der Vorsteher der Moschee in allen Winkeln und Ecken des alten Gebäudes fegen und abstauben lassen und zugleich befohlen, daß Mesullam sich von seinem Platze fortpacken solle. Er hatte es ganz unmöglich gefunden, ihn während des hohen Besuches da sitzen zu lassen. Nicht genug, daß sein Teppich sehr zerlumpt war, und daß rings um ihn eine Menge schmutziger Säcke aufgestapelt waren, in denen er sein Hab und Gut verwahrte: Mesullam selbst war auch nichts weniger als eine Zierde für die Moschee. Er war ein unglaublich häßlicher alter Neger. Seine Lippen waren ungeheuer dick, der Unterkiefer weit vorspringend, die Stirne sehr niedrig, und die Nase glich ehesten einem Rüssel. Wenn man dazu nimmt, daß Mesullam eine grobe, verrunzelte Haut und einen dicken, klumpigen Körper besaß, der notdürftig mit einem schmutzigen, weißen Schal umwickelt war, so kann man sich kaum wundern, daß ihm verboten wurde, sich in der Moschee zu zeigen, so lange der gefeierte Gast sich dort befand.

Der arme Mesullam war sich wohl bewußt, daß er bei seiner Häßlichkeit ein überaus weiser Mann war. Deshalb fühlte er sich bitter enttäuscht, daß er den hohen Reisenden nicht zu Gesicht bekommen sollte. Er hatte gehofft, ihm Proben des großen Wissens zu geben, das er in verborgenen Dingen besaß, und so seinen Ruhm und sein Ansehen zu mehren. Seit diese Hoffnung fehlgeschlagen war, saß er Stunde für Stunde trauernd, in seltsamer Stellung da, die langen Arme emporgestreckt, als riefe er den Himmel um Gerechtigkeit an, und den Kopf weit zurückgebogen.

Als der Abend herankam, wurde Mesullam aus diesem Zustande betäubenden Schmerzes dadurch geweckt, daß eine fröhliche Stimme ihn anrief. Es war ein syrischer Dragoman, der, von einem einsamen Reisenden begleitet, an den Wahrsager herantrat. Er sagte ihm, daß der Fremdling, den er begleitete, gewünscht hätte, eine Probe morgenländischer Weisheit zu sehen, und da habe er ihm Mesullams Gabe, Träume zu deuten, gerühmt.

Mesullam antwortete keine Silbe, sondern verharrte unbeweglich in seiner früheren Stellung. Erst als der Dragoman ihn noch einmal fragte, ob er die Träume, die der Fremde ihm zu erzählen wünsche, hören und deuten wolle, ließ er die Arme sinken, kreuzte sie über der Brust, und indem er die demütige Haltung eines Mannes, dem Unrecht geschehen, annahm, antwortete er, seine Seele sei an diesem Abend so von seinen eigenen Kümmernissen erfüllt, daß er über das, was einen anderen berühre, nicht klar zu urteilen vermöge.

Aber der Fremdling, der ein sehr lebhaftes und gebieterisches Wesen hatte, schien sich nicht um seinen Widerspruch zu kümmern. Da kein Stuhl zur Hand war, stieß er ganz einfach Mesullams Teppich beiseite und setzte sich in die Fensternische. Darauf begann er mit klarer, deutlicher Stimme seine Träume zu erzählen, die dann der Dragoman dem alten Wahrsager übersetzte.

»Sage ihm,« sagte der Reisende, »daß ich mich vor einigen Jahren in Kairo in Ägypten befand. Da er, wie du sagst, ein gelehrter Mann ist, weiß er natürlich, daß es dort eine Moschee namens El Azhar gibt, die die berühmteste Stätte der Gelehrsamkeit des Morgenlandes ist. Ich ging eines Tages hin, sie zu besichtigen, und fand das ganze ungeheure Gebäude, alle seine Gemächer und Arcaden, alle seine Gänge und Tempelsäle von Studierenden erfüllt. Da waren alte Männer, die ihr ganzes Leben der Erforschung der Weisheit geweiht hatten, und Kinder, die gerade im Begriffe waren, die ersten Buchstaben schreiben zu lernen. Da waren hochgewachsene Neger aus dem Herzen Afrikas, schöne, schlanke Jünglinge aus Indien und Arabien, weitgereiste Fremdlinge aus der Berberei, aus Turan, aus allen Ländern, deren Völker den Koran verehren. An den Säulen – man sagte mir, daß es in El Azhar ebensoviel Lehrer wie Säulen gebe – saßen die Unterrichtenden auf ihren Schaffellteppichen zusammengekauert, und ihre Schüler, die sich in einem Kreise rings um sie niedergelassen, folgten eifrig ihrem Vortrag, während sie sich hin und her wiegten. Und sage ihm, daß, obgleich El Azhar in keiner Weise den Vorstellungen entsprach, die wir uns im Abendlande von einem großen Zentrum der Gelehrsamkeit machen, ich doch über das, was ich sah, erstaunte. Und ich sagte zu mir selbst: Sieh, das ist die große Burg und Wehr des Islam. Von hier ziehen Mohammeds junge Kämpen aus. Hier in El Azhar werden die Weisheitstränke gebraut, die die Lehren des Koran frisch und lebenskräftig erhalten.«

Das alles sagte der Reisende beinahe in einem einzigen Atemzug. Nun machte er eine Pause, damit der Dragoman es dem Wahrsager übersetzen könnte. Dann fuhr er fort:

»Sage ihm nun weiter, daß El Azhar einen so mächtigen Eindruck auf mich machte, daß ich es in der nächsten Nacht im Traume wiedersah. Ich sah den weißen Marmorbau mit den vielen Studenten, alle in schwarze Mäntel und weiße Turbane gekleidet, wie es in El Azhar der Brauch ist. Ich durchwanderte Säle und Höfe und erstaunte aufs neue, welche Burg und Festung dies für den Islam war. Endlich kam ich im Traume an den Fuß eines Minaretts, das der Gebetrufer zu ersteigen pflegte, um den Gläubigen zu verkünden, daß die Stunde des Gebets geschlagen habe. Ich sah die Treppe, die sich zum Minarett emporschlängelte, und ich sah, wie ein Mollah sie eben hinanstieg. Er trug einen schwarzen Mantel und einen weißen Turban, wie alle andern, und wie er so die Treppe hinaufging, konnte ich zuerst sein Antlitz nicht sehen. Aber als er eine Windung der Wendeltreppe erstiegen hatte, kehrte er mir sein Antlitz zu, und da sah ich, daß es Christus war.«

Der Sprechende machte eine kurze Pause, und seine Brust hob sich in einem tiefen Atemzuge. »Niemals kann ich vergessen, obgleich es nur ein Traum war,« rief er, »welchen Eindruck es auf mich machte, Christus die Treppe des Minaretts in El Azhar hinangehen zu sehen. Es ergriff mich so heftig, daß er in diese Festung des Islam gekommen war, um die Gebetstunden auszurufen, daß ich aus dem Traume auffuhr und erwachte.«

Hier machte, der Reisende wieder eine Pause, um den Dragoman sprechen zu lassen. Mesullam saß die ganze Zeit ohne Teilnahme da und wiegte sich mit halbgeschlossenen Augen hin und her. Er schien dadurch ausdrücken zu wollen: »Da ich diesen hartnäckigen Menschen nicht entkommen kann, will ich ihnen wenigstens zeigen, daß es mir nicht einfällt, das, was sie sagen, anzuhören. Ich werde versuchen, mich in Schlaf zu wiegen. Das ist die beste Art, ihnen zu zeigen, wie wenig ich nach ihnen frage.«

Der Dragoman deutete auch dem Reisenden an, daß alle ihre Mühe vergeblich sei, und daß sie kein kluges Wort von Mesullam zu hören bekommen würden, so lange er in dieser Laune wäre. Aber der europäische Fremdling schien sich in Mesullams unglaubliche Häßlichkeit und seine seltsamen Gebärden verliebt zu haben. Er sah ihn mit demselben Vergnügen an, mit dem ein Kind ein wildes Tier in einer Menagerie betrachtet, und er hatte nicht die geringste Lust, die Unterredung abzubrechen.

»Sage ihm, daß ich ihn nicht damit belästigt haben würde, diesen Traum zu deuten,« sprach er, »wenn er sich nicht in gewisser Weise noch einmal wiederholt hätte. Lasse ihn wissen, daß ich vor ein paar Wochen die Sophiamoschee in Konstantinopel besuchte. Nachdem ich das ganze herrliche Gebäude durchwandert hatte, trat ich auf eine Empore, um einen besseren Überblick über den schönen Kuppelsaal zu gewinnen. Sage ihm weiter, daß man mich während des Gottesdienstes in die Moschee gelassen hatte, so daß sie voll Menschen war. Auf jedem der unzähligen Gebetteppiche, die den Boden der Mittelhalle bedecken, stand ein Mann und verrichtete sein Gebet. Alle, die an dem Gottesdienst teilnahmen, machten gleichzeitig dieselben Bewegungen. Alle sanken zugleich auf die Kniee, warfen sich vornüber und richteten sich wieder gleichzeitig empor. Alle flüsterten ihre Gebete ganz leise, aber aus den fast unmerklichen Bewegungen so vieler Lippen entstand ein geheimnisvolles Rauschen, das zu der hohen Wölbung empor stieg und für eine Weile erstarb. Dann kam es, von fernen Gängen und Galerien schwebend, in melodischem Flüstern zurück. Es war so seltsam, daß einem der Gedanke kam, ob es nicht Gottes Geist sei, der durch das alte Heiligtum brauste.«

Der Reisende machte wieder eine Pause. Er achtete genau auf Mesullam, während der Dragoman seine Rede übersetzte. Er sah wirklich aus, als bemühte er sich, durch seine Beredsamkeit die Aufmerksamkeit des Wahrsagers zu erzwingen. Es hatte auch den Anschein, als sollte ihm dies gelingen, denn Mesullams halbgeschlossene Augen funkelten einmal auf, so wie Kohle, die anfängt, Feuer zu fangen. Aber halsstarrig wie ein Kind, das sich nicht unterhalten lassen will, ließ der Wahrsager rasch den Kopf bis auf die Brust sinken und begann sich noch ungeduldiger hin und her zu wiegen.

»Sage ihm,« begann der Fremde aufs neue, »sage ihm, daß ich nie Menschen mit solcher Andacht beten gesehen habe. Es däuchte mich, daß es die heilige Schönheit des wunderbaren Baues war, die diese Stimmung der Ekstase hervorrief. Wahrlich, dachte ich bei mir selbst, dies ist noch ein Bollwerk des Islam. Hier ist das Heim der Andacht. Von dieser mächtigen Moschee geht der Glaube und die Begeisterung aus, durch die der Islam eine Großmacht ist.«

Hier hielt er wieder inne und verfolgte während der Übersetzung genau das Mienenspiel in Mesullams Antlitz. Das zeigte keine Spur von Interesse, aber der Fremdling war offenbar ein Mann, der sich gern sprechen hörte. Seine eigenen Worte berauschten ihn, er wäre verzweifelt gewesen, wenn er nicht hätte fortfahren dürfen.

»Nun,« sagte er, als die Reihe zu sprechen wieder an ihm war. »Ich kann nicht recht erklären, wie mir geschah. Es ist möglich, daß der leichte Rauch von den vielen hundert Öllampen im Verein mit dem dumpfen Geflüster der Betenden und ihren einförmigen Bewegungen mich in eine Art Betäubung wiegte. Ich konnte es nicht lassen, die Augen zu schließen, wie ich da, an eine Säule gelehnt, stand. Bald kam ein Schlummer, oder richtiger eine Betäubung über mich, sie währte wahrscheinlich nicht langer als eine Minute, aber während dieses Zeitraums war ich völlig der Wirklichkeit entrückt. In dieser Betäubung sah ich noch immer die Sophiamoschee vor mir und alle die betenden Menschen, aber jetzt merkte ich, was ich früher nicht gesehen hatte, daß sich oben unter der Kuppel ein Gerüst befand, und darauf standen einige Arbeiter, die mit Pinseln und Farbendosen versehen waren.«

»Sage ihm nun,« fuhr der Erzählende fort, »wenn er es nicht schon weiß, daß die Sophiamoschee ehemals eine christliche Kirche war, und daß ihre Gewölbe und ihre Kuppel von dieser Zeit her mit heiligen, christlichen Mosaikbildern bedeckt sind, aber daß die Türken alle diese Bilder mit glatter, gelber Farbe übermalt haben. Und nun im Traume schien es mir, daß die gelbe Farbe an einigen Stellen abgefallen sei, und daß die Arbeiter auf die Gerüste geklettert waren, die Übermalung zu ergänzen. Aber siehe da, als einer der Arbeiter seinen Pinsel hob, die Farbe aufzufüllen, bröckelte ein größeres Stück ab, und sogleich sah ich dahinter ein schönes Bild von Christus hervortreten. Der Arbeiter streckte abermals den Arm empor, es zu übermalen, aber der Arm schien gelähmt und kraftlos vor dem herrlichen Bilde herabzusinken. Zugleich fiel die Farbe von der ganzen Kuppel ab, und das Christusbild zeigte sich in seiner ganzen Herrlichkeit inmitten von Engeln und himmlischen Heerscharen. Da stieß der Arbeiter einen Schrei aus, und alle die Betenden in der Tiefe der Moschee hoben das Haupt. Und als sie den Erlöser sahen, von himmlischen Heerscharen umgeben, entrang sich ihnen ein Ruf der Verzückung, und sie streckten alle ihre Hände empor. Aber als ich diese Begeisterung sah, wurde auch ich von einer so mächtigen Bewegung ergriffen, daß ich augenblicklich erwachte. Da war alles wie zuvor. Die Mosaikbilder der Decke waren unter der gelben Farbe verborgen, und die Betenden fuhren fort, Allah anzurufen.«

Als der Dragoman dies übersetzt hatte, öffnete Mesullam ein Auge und betrachtete den Fremdling. Er sah einen Mann, der ihm allen andern Abendländern zu gleichen schien, die durch seine Moschee wanderten. »Ich glaube nicht, daß dieser bleiche Mann Gesichte gesehen hat,« dachte er. »Er hat nicht die dunkeln Augen, die hinter den Vorhang des Verborgenen blicken können. Eher glaube ich, daß er hergekommen ist, seinen Scherz mit mir zu treiben. Ich muß auf meiner Hut sein, damit mich an diesem verfluchten Tage keine neue Demütigung trifft.

Der Fremde sprach weiter. »Du weißt, o Traumdeuter,« sagte er und wendete sich jetzt unmittelbar an Mesullam, als hätte er das Gefühl, daß dieser ihn trotz seiner fremden Sprache verstehen könne, »du weißt, daß ein gefeierter Fremdling in diesen Tagen Jerusalem besucht. Die Machthaber hier suchen alles, was in ihren Kräften steht, zu tun, ihm zu gefallen. Es war sogar die Rede davon, um seinetwillen die zugemauerte Pforte in Jerusalems Ringmauer zu öffnen, die man die Goldene Pforte nennt, und die das Tor sein soll, durch das Jesus am Palmsonntag in Jerusalem einzog. Man erwog wirklich, dem hohen Reisenden die große Ehre zu erweisen, ihn durch dieses Tor, das seit Jahrhunderten geschlossen war, in die Stadt reiten zu lassen, aber man wurde durch eine alte Weissagung zurückgehalten, die verkündet, daß wenn dieses Tor geöffnet wird, die Abendländer durch dasselbe einziehen werden, um sich in den Besitz von Jerusalem zu setzen.

Aber nun sollst du hören, was mir gestern nacht geschah. Es war herrlicher Mondschein, das Wetter prächtig, und ich war allein ausgegangen, um eine ungestörte Wanderung rings um die heilige Stadt zu unternehmen. Ich ging außerhalb der Ringmauer auf dem schmalen Pfade, der rings um die Stadt läuft, und meine Gedanken schweiften auf der Wanderung in so ferne Zeiten zurück, daß ich mich kaum mehr entsann, wo ich mich befand. Auf einmal begann ich jedoch Müdigkeit zu fühlen, und ich hätte gern gewußt, ob ich nicht bald zu einem Tor in der Mauer kommen würde, durch das ich in die Stadt zurückkehren könnte. Nun, wie ich gerade so dachte, sehe ich einen Mann ein großes Tor in der Ringmauer dicht, neben mir öffnen. Er öffnete es weit und bedeutete mir, ich möge hindurchgehen. Ich ging, wie gesagt, in meinen Träumen und wußte nicht recht, wie weit ich gewandert war. Ich staunte doch ein wenig, daß sich gerade hier ein Tor befand, aber ich dachte nicht weiter daran, sondern ging hindurch. Sobald ich durch die tiefe Wölbung gekommen war, schlugen die Torflügel krachend hinter mir zu. Da wendete ich mich um, hinter mir zeigte sich keine Öffnung, sondern nur eine vermauerte Pforte, gerade die, die hier in Jerusalem die Goldene genannt wird. Vor mir lag der Tempelplatz, das weite Haramplateau, in dessen Mitte die Omarmoschee thront.

Und du weißt, daß keine andre Pforte von der Ringmauer hinführt als die Goldene, die nicht nur versperrt, sondern zugemauert ist. Du kannst dir denken, daß ich glaubte, ich sei wahnsinnig geworden oder ich träume, und daß ich versuchte, eine Erklärung zu finden. Ich sah mich nach dem Manne um, der mich eingelassen hatte. Er war verschwunden, ich konnte ihn nicht finden... Dafür sah ich ihn um so deutlicher vor mir in meiner Erinnerung, die hohe, ein wenig gebeugte Gestalt, die langen Locken, den geteilten Bart. Es war Christus, o, Wahrsager, wiederum Christus.

Und sage mir nun, du, der in das Verborgene blicken kann, was bedeuten meine Träume und Gesichte, was bedeutet vor allem dies, daß ich wirklich und wahrhaftig durch die Goldene Pforte gegangen bin? Noch in dieser Stunde weiß ich nicht, wie es zuging, aber ich habe es getan. Sage mir nun, was diese drei Dinge zu bedeuten haben?«

Der Dragoman übersetzte dies Mesullam, aber der Wahrsager saß noch immer in derselben mißtrauischen, mürrischen Laune da. »Es ist gewiß, daß dieser Fremdling seinen Spott mit mir treiben will,« dachte er, »vielleicht will er mich mit allen diesen Reden von Christus zum Zorne reizen.«

Er hätte am liebsten gar nicht geantwortet, aber da der Dragoman beharrlich blieb, äußerte er ein paar Worte.

Der Dragoman zögerte, sie zu übersetzen.

»Was sagt er?« fragte der Reisende eifrig.

»Er sagt, daß er euch nichts andres zu erwidern habe, als: Träume sind Schäume.«

»Sage ihm dann von mir,« erwiderte der Fremdling ein wenig erzürnt, »daß dies nicht immer wahr ist. Es hängt ganz davon ab, wer sie träumt.«

Bevor noch diese Worte Mesullam übersetzt waren, hatte der Europäer sich erhoben und entfernte sich mit leichtem, elastischem Schritt durch den langen Gang.

Aber Mesullam saß still da und grübelte fünf Minuten lang, über die Antwort des Fremden, dann fiel er vernichtet auf sein Angesicht. »Allah, Allah, zweimal an demselben Tage ist das Glück an mir vorübergegangen! Was hat dein Diener verbrochen, daß er dir mißfällt?«

Der Hochzeitsmarsch

Nun will ich eine schöne Geschichte erzählen.

Vor vielen Jahren sollte im Kirchspiel Svartsjö in Värmland eine sehr große Hochzeit gefeiert werden. Zuerst die kirchliche Trauung, nachher drei Tage lang eine große Schmauserei. Und an jedem der drei Tage sollte vom frühen Abend bis tief in die Nacht hinein getanzt werden.

Da es soviel Tanz geben sollte, war es natürlich sehr wichtig, einen guten Spielmann herbeizuschaffen. Darüber machte sich der Großbauer Nils Olofson, der die Hochzeit ausrichtete, fast mehr Sorge als über irgend etwas andres. Den Spielmann, den sie in Svartsjö hatten, wollte er nämlich nicht laden. Der hieß Jan Oester, und der Großbauer wußte wohl, daß Jan in großem Ruf stand; doch der Musikant war so arm, daß er manchmal in zerrissenem Wams und barfuß zum Hochzeitfest kam. Und einen solchen zerlumpten Kerl wollte der Großbauer nicht an der Spitze des Brautzuges sehen.

Endlich entschloß er sich, einen Boten zu einem Burschen im Jössesprengel zu schicken, der allgemein Spiel-Martin genannt wurde, und ihn zu fragen, ob er kommen und bei der Hochzeit aufspielen wolle.

Spiel-Martin bedachte sich keinen Augenblick, sondern antwortete sogleich, daß er nicht nach Svartsjö fahren und dort spielen wolle, weil in diesem Kirchspiel ein Spielmann wohne, der tüchtiger sei als alle andern in ganz Värmland. So lange sie den hätten, brauchten sie keinen andern zu laden.

Als Niels Olofson diesen Bescheid erhalten hatte, ließ er sich wieder ein paar Tage Bedenkzeit. Dann schickte er einen Boten zu einem Spielmann, der im Storakilskirchspiel wohnte und Olle aus Säby hieß, und fragte, ob er kommen und zur Hochzeit seiner Tochter aufspielen wolle. Aber Olle aus Säby antwortete dasselbe wie Spiel-Martin. Er bat, Nils Olofson zu sagen, so lange es in Svartsjö einen so vortrefflichen Spielmann gebe wie Jan Oester, werde er dort nicht spielen.

Nils Olofson paßte es nun gar nicht, daß ihm die Spielleute den aufzwingen wollten, den er nicht haben mochte. Er fand, gerade jetzt sei es eine Ehrensache für ihn, einen andern Spielmann zu bekommen als Jan Oester.

Ein paar Tage, nachdem er die Antwort von Olle aus Säby erhalten hatte, sandte er seinen Knecht zu dem Spielmann Lars Larson, der auf der Peterswiese im Kirchspiel Ullerud wohnte.

Das war ein wohlbestallter Mann, der einen schönen Hof sein Eigen nannte. Er war klug und bedächtig, kein Brausekopf wie die andern Spielleute. Aber ihm kam, wie den andern, gleich Jan Oester in den Sinn und er fragte, warum denn der nicht auf der Hochzeit spielen solle. Nils Olofsons Knecht hielt es für das Klügste, zu erwidern, daß Jan Oester in Svartsjö daheim sei, daß man ihn also alle Tage hören könne. Wenn Nils Olofson eine so große Hochzeit ausrichte, wolle er den Leuten etwas Besseres und Selteneres bieten.

»Ich bezweifle, daß er etwas Besseres bekommen kann,« sagte Lars Larson.

»Ach, Ihr wollt wohl dasselbe antworten wie Spiel-Martin und Olle aus Säby,« sagte der Knecht und erzählte, wie es ihm da ergangen war.

Lars Larson hörte die Erzählung des Knechtes aufmerksam an; dann saß er lange schweigend und grübelte. Endlich gab er doch seine Einwilligung. »Bestelle deinem Herrn, daß ich für die Einladung danke und kommen werde,« sagte er zu dem Knecht.

Am nächsten Sonntag fuhr Lars Larson nach der Svartsjöer Kirche. Er fuhr gerade über den Kirchenhügel, als die Hochzeitsschar sich aufzustellen begann, um nach der Kirche zu ziehen. Er kam in seinem eigenen Wagen mit einem guten Pferde gefahren, war in einen schwarzen Tuchanzug gekleidet und nahm die Violine aus einem polierten Futteral. Nils Olofson begrüßte ihn freundlich und dachte bei sich, das sei doch ein Spielmann, mit dem er Ehre einlegen werde.

Gleich nach Lars Larson kam auch Jan Oester, mit der Geige unterm Arm, zur Kirche herauf. Er ging geraden Weges auf die Schar zu, die die Braut umstand, ganz, als sei er geladen, bei der Hochzeit aufzuspielen.

Jan Oester kam in der alten grauen Friesjacke, die man schon seit vielen Jahren an ihm kannte; weil es aber eine so große Hochzeit war, hatte sein Weib versucht, die Löcher an den Ellbogen auszubessern, und große grüne Flicken darauf gesetzt. Jan Oester war ein großer, schöner Kerl und hätte sich stattlich an der Spitze des Hochzeitszuges ausgenommen, wenn er nicht so schlecht gekleidet und sein Gesicht nicht von Sorgen und hartem Kampf mit dem Unglück so gefurcht gewesen wäre.

Als Lars Larson Jan Oester kommen sah, schien er ein wenig mißmutig. »Ja so, Ihr habt Jan Oester auch herbestellt,« sagte er halblaut zu Nils Olofson. »Na, es kann ja nicht schaden, wenn wir zwei Spielleute sind. Bei einer so großen Hochzeit!«

»Ich habe ihn nicht hergerufen!« beteuerte Nils Olofson. »Ich begreife nicht, warum er gekommen ist. Warte nur: ich will ihn gleich wissen lassen, daß er hier nichts zu suchen hat.« »Dann hat ihn irgend ein Störenfried herbestellt,« sagte Lars Larson. »Aber wenn Ihr meinem Rat folgen wollt, dann tut nichts dergleichen, sondern geht hin und heißt ihn willkommen. Ich habe gehört, er sei ein jähzorniger Bursche, und niemand kann wissen, ob er nicht Zank und Händel anstiften würde, wenn Ihr ihm sagtet, daß er nicht geladen ist.«

Das sah auch der Großbauer ein. Jetzt, da der Hochzeitszug sich gerade auf dem Kirchenhügel ordnete, durfte es keinen Zank geben. Nils ging deshalb auf Jan Oester zu und hieß ihn willkommen. Darauf stellten sich die beiden Spielleute an die Spitze des Zuges. Das Brautpaar ging unter dem Baldachin, die Ehrenjungfrauen und Führer der Braut folgten, Paar hinter Paar, dann kamen die Eltern und die Verwandten. Ein langer, ansehnlicher Zug. Als alles bereit war, ging ein Brautführer zu den Musikanten und bat sie, den Hochzeitsmarsch anzustimmen. Beide Spielleute setzten die Geigen ans Kinn, aber weiter kamen sie nicht: so blieben sie stehen. Es war nämlich ein alter Brauch in Svartsjö, daß der vornehmste der Spielleute den Hochzeitsmarsch anstimmte.

Der Brautführer sah Lars Larson an, als erwarte er, daß der anfange. Doch Lars Larson sah Jan Oester an und sagte: »Jan Oester muß anfangen.« Jan Oester konnte aber nicht begreifen, daß der andre, der so fein gekleidet war wie nur irgend ein vornehmer Herr, nicht mehr sein solle als er, der in seinem zerrissenen Frieskittel aus der elenden Hütte kam, aus Armut und Not.

»Nein! Um Gottes willen!« sagte er nur. »Nein! Um Gottes willen!«

Er sah, wie der Bräutigam den Arm ausstreckte, Lars Larson anstieß und rief: »Lars Larson soll anfangen!«

Als Jan Oester den Bräutigam das sagen hörte, nahm er sogleich die Geige vom Kinn und trat einen Schritt zurück. Lars Larson rührte sich aber nicht vom Fleck, sondern blieb ruhig und selbstzufrieden auf seinem Platz stehen. Aber auch er hob den Bogen nicht.

»Jan Oester soll anfangen,« wiederholte er. Er sagte die Worte eigensinnig und beharrlich wie einer, der gewohnt ist, seinen Willen durchzusetzen.

Im Hochzeitszug entstand Unruhe über die Verzögerung. Der Brautvater kam heran und bat Lars Larson, anzufangen. Der Küster wäre schon in die Kirchentür getreten und winke ihnen, sich zu sputen. Der Geistliche stünde schon am Altar und warte.

»Dann mußt du Jan Oester bitten, daß er zu spielen anfängt,« sagte Lars Larson. »Wir Spielleute halten ihn nun einmal für den tüchtigsten unter uns.«

»Das mag wohl sein,« sagte der Bauer, »aber wir Bauern halten wieder dich, Lars Larson, für den wackersten.«

Auch die andern Bauern versammelten sich um sie. »Fangt nun an!« sagten sie; »der Pfarrer wartet schon. Die Gemeinde lacht uns ja aus.«

Lars Larson stand eben so hartnäckig und unerschütterlich da wie zuvor. »Ich verstehe nicht, warum die Leute dieses Kirchspiels durchaus nicht wollen, daß ihr eigener Spielmann über alle andern gestellt wird«, sagte er.

Nils Olofson raste vor Wut darüber, daß alle sich verschworen hatten, ihm Jan Oester aufzuzwingen. Er trat dicht an Lars Larson heran und flüsterte: »Jetzt merke ich, daß du es bist, der Jan Oester hergerufen hat, und daß du das Ganze angezettelt hast, um ihn zu ehren. Aber nun spute dich und fange zu spielen an, sonst jage ich den Lumpenkerl mit Schimpf und Schande vom Kirchenhügel fort.«

Lars Larson sah ihm gerade ins Gesicht und nickte ihm zu, ohne den geringsten Groll zu zeigen. »Ja, ihr habt recht,« antwortete er. »Das muß ein Ende nehmen.« Er winkte Jan Oester, an seinen früheren Platz zurückzukehren. Hierauf ging er selbst ein paar Schritte vor und drehte sich um, so daß alle ihn sehen konnten. Dann schleuderte er den Bogen weit von sich, zog sein Messer aus der Tasche und schnitt alle vier Geigensaiten durch; sie sprangen mit scharfem Klang.

»Man soll nicht von mir sagen, daß ich mich mehr dünke als Jan Oester,« rief er.

Mit Jan Oester aber verhielt es sich so: seit drei Jahren ging er einher und grübelte über eine Weise, von der er fühlte, daß sie ihn ihm lebe, die er aber nicht über die Saiten brachte, weil er daheim immer von grauen Sorgen gebunden war und ihm nie etwas widerfuhr, das ihn über die tägliche Plage hinausheben konnte. Als er jetzt Lars Larsons Saiten springen hörte, warf er den Kopf zurück und sog die Luft in tiefen Zügen ein. Seine Gesichtszüge waren gespannt, als lausche er Tönen, die aus weiter, weiter Ferne zu ihm klängen. Dann begann er zu spielen. Die Weise, über die er drei Jahre gegrübelt hatte, stand auf einmal klar vor ihm; und während sie ertönte, ging er mit stolzen Schritten zur Kirche hinab. Nie vorher hatte die Hochzeitsschar solche Weise vernommen. Sie zog sie so unwiderstehlich mit sich fort, daß niemand stehenbleiben konnte.

Und alle waren so froh über Jan Oester und Lars Larson, daß der ganze Hochzeitszug mit feuchten Augen in die Kirche kam.

Über tredition

Eigenes Buch veröffentlichen

tredition wurde 2006 in Hamburg gegründet und hat seither mehrere tausend Buchtitel veröffentlicht. Autoren veröffentlichen in wenigen leichten Schritten gedruckte Bücher, e-Books und audio-Books. tredition hat das Ziel, die beste und fairste Veröffentlichungsmöglichkeit für Autoren zu bieten.

tredition wurde mit der Erkenntnis gegründet, dass nur etwa jedes 200. bei Verlagen eingereichte Manuskript veröffentlicht wird. Dabei hat jedes Buch seinen Markt, also seine Leser. tredition sorgt dafür, dass für jedes Buch die Leserschaft auch erreicht wird.

Im einzigartigen Literatur-Netzwerk von tredition bieten zahlreiche Literatur-Partner (das sind Lektoren, Übersetzer, Hörbuchsprecher und Illustratoren) ihre Dienstleistung an, um Manuskripte zu verbessern oder die Vielfalt zu erhöhen. Autoren vereinbaren direkt mit den Literatur-Partnern die Konditionen ihrer Zusammenarbeit und partizipieren gemeinsam am Erfolg des Buches.

Das gesamte Verlagsprogramm von tredition ist bei allen stationären Buchhandlungen und Online-Buchhändlern wie z. B. Amazon erhältlich. e-Books stehen bei den führenden Online-Portalen (z. B. iBookstore von Apple oder Kindle von Amazon) zum Verkauf.

Einfach leicht ein Buch veröffentlichen: **www.tredition.de**

Eigene Buchreihe oder eigenen Verlag gründen

Seit 2009 bietet tredition sein Verlagskonzept auch als sogenanntes "White-Label" an. Das bedeutet, dass andere Unternehmen, Institutionen und Personen risikofrei und unkompliziert selbst zum Herausgeber von Büchern und Buchreihen unter eigener Marke werden können. tredition übernimmt dabei das komplette Herstellungs- und Distributionsrisiko.

Zahlreiche Zeitschriften-, Zeitungs- und Buchverlage, Universitäten, Forschungseinrichtungen u.v.m. nutzen diese Dienstleistung von tredition, um unter eigener Marke ohne Risiko Bücher zu verlegen.

Alle Informationen im Internet: **www.tredition.de/fuer-verlage**

tredition wurde mit mehreren Innovationspreisen ausgezeichnet, u. a. mit dem Webfuture Award und dem Innovationspreis der Buch Digitale.

tredition ist Mitglied im Börsenverein des Deutschen Buchhandels.

Dieses Werk elektronisch lesen

Dieses Werk ist Teil der Gutenberg-DE Edition DVD. Diese enthält das komplette Archiv des Projekt Gutenberg-DE. Die DVD ist im Internet erhältlich auf **http://gutenbergshop.abc.de**

MIX

Papier | Fördert
gute Waldnutzung

FSC® C083411

Zeitfracht Medien GmbH
Ferdinand-Jühlke-Straße 7
99095 Erfurt, Deutschland
produktsicherheit@kolibri360.de